HAZEL HILLIS

マギー・ホーン

三辺律子＝訳

はなしをきいて

決戦のスピーチコンテスト

GONNA WIN THIS ONE

理論社

はなしをきいて

決戦のスピーチコンテスト

理論社

HAZEL HILL IS GONNA WIN THIS ONE

BY

Maggie Horne

Japanese translation rights arranged
with InkWell Management, LLC, New York
through Tuttle-Mori Agency, Inc., Tokyo

主な登場人物

ヘイゼル・ヒル……ミドルスクールの二年生。スピーチコンテストで優勝をめざしている

タイラー・ハリス……取り巻きが多い、おしゃべりな男子。話題は女子のことばかり

エラ・クイン……学校じゅうの人気者。スピーチコンテストでは、ヘイゼルの宿敵

ライリー・ベケット……エラの親友。森のログハウスに住んでいる

ベラ・ブレイク……「野獣《ビースト》ベラ」と呼ばれる二年生女子。バレー部のスター選手

マヤ・ハットン……二年生女子

ブルックリン・ケイン……二年生女子

A先生……ヘイゼルのクラス担任。歴史を教えるのが好き

ピッツ先生……エラとライリーのクラス担任。生徒を厳しく管理する

ウェスト先生……校長先生

ゲーツ……教育委員会の委員長

第一章

なにもかも知るなんて無理だって言われたけど、うまい方法を見つけたと思う。

確かに「なにもかも」は無理だろうけど、いくつかに絞《しぼ》ればできるはず。そう思いついたのが、ミドルスクール*にあがるまえの話で、あたしは夜遅《おそ》くまでかかって、プロ並みの知識を身に着けたいと思うテーマを片《かた》っ端《ぱし》から書き出した。ジオメトリー《幾何学》、ジャイアントパンダ、時限爆弾《じげんばくだん》。「じ」から始まるものだけでも、これだけある。ここからひとつ選んで勉強すれば、高校に入るころには、なんでも知ってるレベルになれるだろうから、そのあとは、また新しいテーマを選んで、スタートすればいい。

＊　アメリカの教育制度の6学年《グレード》（十二歳）から3年間通う。州や学区により違う制度を取るところもある。日本の中学校に近い

で、自慢《じまん》じゃないけど、ミドルスクール二年生になってまだ三か月なのに、あるひとつのことについては、だれもが認める専門家になっていた。残念ながら、その対象っていうのは、タイラー・ハリスなんだけど。

タイラーが好きな先生のことも、タイラーを好きな先生のことも知ってる。誕生日も、好きな色も、気に入っているチョコバーも。タイラーがどんなにがんばっても、いつも、ぜったい、「不可能」を「非可能」って書いてしまうことも知ってる。これまでタイラーが好きになった女子の名前は全員知ってるし、それよりなによりすごいのは、タイラーに秘密ができると、次の瞬間《しゅんかん》にはそれを知ってたことだ。

長い目で見れば、ジャイアントパンダについて知ってるほうがずっと役立つと思う。

今日は雨だった。だから、もちろん、A先生は遅刻《ちこく》していて、クラスのみんなはそれぞれの机でおしゃべりしていた。A先生は雨の日は必ず遅刻《ちこく》する。道路にカエルがいると、そのたびに車から降りて、安全なところへ移してやるからだ。

つまり、雨だと、タイラーは好きなだけこっちの机にこられるってこと。

「話があるんだ。秘密だぞ。聞きたい？」

最初のうちは、タイラーの秘密をいちいち聞けるのは、それなりに面白かった。いいことも教えてもらえるかもしれないって思ったし。犯罪組織の情報とか幽霊《ゆうれい》を見たとか。でも、しばらくすると、タイラーの秘密っていうのは、女子を好きになったってことばかりだと気づいた。しかも、その週の終わりにはもう飽《あ》きてる。

でもタイラー・ハリスはそういう気持ちについてほかの子にはそうそう話さない。しょっちゅうそういう気持ちになってるくせに。自分はだれにも関心なんかないって思われるよう、つねに神経を使ってるわりに、タイラーは気が多いのだ。ちなみにあたしは記録をつけてるんだけど、今までのところ、タイラーは去年から今年にかけて二十七人の女子を好きになってる。

うちの学年の女子は四十人だから、タイラー・ハリスはそのうち67・5パーセントを好きになったってこと。

これまでは、タイラーはこんなふうに「秘密だぞ」なんて、言いもしなかった。っていうか、そもそもあたしに話してるのが「秘密」だって自覚もなかったんだと思う。でも、今日のタイラーの目は、なんだかおかしい。興奮した感じで、ちょっと怖《こわ》い。髪《かみ》だっていろんな方向に跳《は》ねまくってて、徹夜《てつや》で科学の実験でもしてたみたいだし。ま、タイラーはろくに宿題もしてこないから、それはありえないけど。タイラーは大きな目できょろきょろ教室を見回し、あたしの顔を見て、先生のいない教卓《きょうたく》を見て、それから味気ないクリーム色の壁《かべ》を見た。

これって、怒《おこ》ってる顔？　でも、あたしに対して怒《おこ》ってるわけじゃなさそう。

「エラ・クインのことなんだ」タイラーは言った。

思わず大きなうめき声が出て、何人かがこっちを見た。「声がでかい！」タイラーが言う。

「はいはい、エラ・クインは最高だもんね。エラ・クインは完璧《かんぺき》だし、タイラーとなら完《かん》璧《ぺき》なカップルだし、大きくなったら結婚《けっこん》して、二十四人の完璧《かんぺき》な子どもが生まれて、大きなお屋敷《やしき》とかで暮らすんだもんね」

エラ・クインとタイラーは、ミドルスクールにあがって、最初に付き合ったカップルだった。まあ、休み時間にいっしょに歩くっていうのが、付き合うってことに入るならだけど（小学生のときなら、それでじゅうぶん「付き合ってる」だった）。だとしても、それはエラ・クインにもタイラーにも、あとあとまで影響《えいきょう》を与《あた》えた。なにしろ、まるまる三か月付き合ってたし、これまでタイラー・ハリスにはそんなに続いた「関係」はなかったし。タイラー・ハリスに関することならすべて知ってるあたしでも、あの二人の関係にはついていくのがやっとだった。くっついたり別れたり、一週間おきに、エラ・クインがスケート場でタイラーのポップコーンを持ってたイメージ。

でも、そのあと、タイラーはずっと〈エラ・クインとまた付き合うとか絶対ないの会〉

の会長って感じだったけど、あるとき、授業中に窓の外をいやに長々と見てることに気づいたあたしは、なにかあるなってぴんときた。そうしたら案の定、予想を一ミリも裏切らずに、またエラ・クインを誘《さそ》おうと思ってると打ち明けてきたのが、先週の感謝祭休みの前日。

だからどうせその後の報告かと思ってたら、「おまえが思ってるようなことじゃないぞ」と、タイラーが妙《みょう》に熱が入りすぎた口調で言った。「どうだ、知りたいか？　別に、ほかのやつに話したっていいんだぜ。学校じゅうの連中に教えたっていいんだから」

タイラーのつばが顔にかからないよう、軽くのけぞる。

「なんだかへんだよ。大丈夫《だいじょうぶ》？」

二番目の言葉はポロリと口から出てしまった。ふだんなら、タイラーが大丈夫《だいじょうぶ》かどうかなんて、気にしない。生まれて初めて大丈夫《だいじょうぶ》じゃなさそうに見えたせいだと思う。

タイラーはあきれたように天井を仰《あお》いでみせた。「おれの話に興味あるのないの？」

答えは「ない」だったけど、それはタイラーの望んでいる答えじゃないだろう。

「じゃあ、話せば。今すぐ話さなきゃいけないような、めちゃすごい秘密だってことなら、どうぞ」

「タイラー！　席に着きなさい！」A先生のかん高い声がした。ゆったりとしたようすで教室に入ってきた先生は、ネコが全面にプリントされているワンピースを着て、髪《かみ》は一週間とかしてないみたいに見えた。先生がきてよかった。大人がいると、たちまち教室のエネルギーが鎮《しず》まる。みんな、おとなしく静かになって、どっちを向くべきかを思い出すのだ。タイラーもあたしに話しかけるのをやめるしかなくって、あたしは思ってた以上にほっとした。

「みなさん、たのしい感謝祭休暇《きゅうか》をすごしましたか」A先生は言った。「それから、今年のスピーチコンテストについても、考えてきましたね？」

あたしは精いっぱい背中をまっすぐに伸《の》ばし、先生がつづきを話すのを待った。

「今年は、くじびきで勝ったの。わたしがテーマを決めることになったのよ。というわけで、みなさん、もう予想がつくと思いますが、今年のテーマは歴史にします」

まわりからうめき声があがったけど、あたしは先週からテーマのことは知っていた。あたしはA先生のお気に入りだし、先生は礼儀正しくたずねれば、それを評価してくれる。

「歴史がテーマじゃ無理ということであれば、今年は参加しなくてもかまいません。スピーチコンテストは課外単位であって、通常の必須《ひっす》単位ではありませんからね。ですが！　今年は、コンテストに参加すれば、歴史の授業の最終課題の提出を免除《めんじょ》することにしました。スピーチコンテストに一人で挑戦《ちょうせん》するのでも、課題をだれかと組んで完成させるのでも、かまいません。提出期限は冬休みの前の週になります。スピーチ原稿《げんこう》を提出する場合も、エッセイと同じように評価します。高校に向けてのいい練習になるでしょう」

高校に向けて練習しなきゃいけないなんて、考えたこともなかったけど、ミドルスクールにあがると、先生たちはなにかにつけて「高校の練習になります」とか「高校に入ったら、もう許されなくなりますからね」とか言うようになった。いとこのアメリアは高校生だけど、あたしよりずっと楽ちんそうに見えるから、あたしはまだ、高校生活についての判断は保留中。でも、アメリアはあたしとちがって「授業に遅刻《ちこく》する夢」を見るようなタイプじゃなさそうではある。

みんな、友だちのほうを見ながら、グループ課題とスピーチとどっちが楽か考えている。あたしは思わずにやにやしてしまった。あたしはスピーチコンテストで勝って、なおかつ、グループ課題はしなくていいってこと？　好きなことをして、さらにおまけがついてくるなんて。

「少し時間をあげますから、友だち同士で話し合ってみて。今週中にやらなければならないことがあれば、静かに取り組んでちょうだい。なにを発表するにしろ、完成させるのに、まだ三週間はありますからね、すばらしい魔法《まほう》を生み出す時間はじゅうぶんにあるでしょう。でも、あまりうるさくなったら、みなさんの大好きなファラオの話にもどることになりますからね」

みんなが席を立つよりも早く、あたしはリュックからスピーチ用のノートを取りだして、きれいな赤い表紙をなでた。これといって特別なところはないノートで、それはそうなんだけど、この中に未来の優勝スピーチがしまわれているのだ。ノートを見るだけで、ぞくぞくするようなチリチリするような興奮が背中を駆《か》けあがった。

もしかしたら、スピーチに取り組んでいるのはあたしをはじめ数人だけかもしれない。うちの両親は、去年あたしがエントリーしたとき、びっくりしてた。二人とも、あたしに友だちがいないのは内気なせいだと思ってるんだと思う。でも、そうじゃない。あたしは内気なんかじゃない。忙《いそが》しいだけだ。前にお父さんが、この歳《とし》になってもなにもかも理解できたわけじゃないさって言ったことがある。でも、お父さんは曲がりなりにも、もう三十五歳《さい》なのだ。そうなる前にすべてを知りたいんだったら、友だちと遊んでる場合じゃない。

スピーチのテーマは、クラスの子たちが気に入るように適度にクールで、かつ、A先生の評価がもらえるように適度に歴史的要素も含《ふく》まれるものに設定していた。題して、「二十世紀の迷宮入りミステリー」。正直言って、夜は調べ物はできない。怖《こわ》くて死にそうになるから。でも、去年、ライデン・スチュアートが「思春期」についてのスピーチをして、いまだに笑われていることを考えると、クールなテーマにしなければならないことはわかっていた。じゃなきゃ、せめて審判員《しんぱんいん》に「大変に……勇気ある内容ですね」とか言われないようなものにしないと。

去年は、惜《お》しいところで優勝を逃《のが》した。惜《お》しい、って、世界で一番きらいな言葉かも。あたしは絶対の自信があった。ミドルスクール全体のコンテストで、あたしは数少ない一年生の一人だった。

そして、あの大事件が起こった。

あたしは、スピーチになにか印象的なキーワードを入れたら効果的なんじゃないかって考えた。うちの両親は、あたしが、知ってると思ってもなかったような言葉を口にすると、いつもいちいち大騒《おおさわ》ぎするし。「効能」とか「甚《はなは》だしい」とか「特異性」とか。あたしのスピーチは、スピーチについてのスピーチだった。それって面白いんじゃないかと思ったのだ（今でも、けっこう面白いんじゃないかと思ってる。でも、そう思ってるのはあたしだけっぽい）。それで、「誇張法《こちょうほう》を使う人もいます」って言おうとした。誇張法《こちょうほう》っていうのは、スピーチで言いたいことをはっきりさせるために、おおげさに言うこと。

誇張法は、「こちょうほう」って読む。でも、あたしは「こはりほう」と読んでしまった。そして、エラ・クインは、「数少ない一年生」のうちのもう一人だったんだけど、歯の妖精《ようせい》についてのスピーチで優勝した。抜《ぬ》けた乳歯をコインに交換《こうかん》してくれるっていう、子どもだましの妖精《ようせい》の話なんかで！

あのときのことを思い出すと、今でも机に頭をぶつけたくなる。でも、しない。なぜなら、

1. つねに脳のコンディションを最高の状態にしておく必要があるから

2. さっきからタイラーが前の席からこっちをむいて、フクロウみたいなでっかくてキモい目玉であたしの心の中まで見通そうとしてるから

タイラーと目が合ったまま、こっちが上ってことを示すために、瞬《まばた》きしないようにした。子犬を訓練するときはそうするといいって、どこかで読んだ気がしたのだ。

ああ、でも、もういいや。

「なんなのよ？」あたしは言った。「三人でグループを作りたいとか？　それとも、風邪《かぜ》の治療法《ちりょうほう》を発見した？　エラ・クインと二人で保護ネコを飼って、シベリアに移住する？」

エラ・クインの名前が出たとたん、またタイラーの顔に微妙《びみょう》な表情が浮《う》かび、それから

ふっと笑いに近い声が漏《も》れた。

タイラーとエラ・クインが別れたときのことは、オークリッジ・ミドルスクールのカフェテリアにおける過去十年間最大の衝撃《しょうげき》事件だった。と思う。一学期がもう少しで終わるってころで、みんな、タイラーとエラ・クインが冬のパーティでいっしょに踊《おど》るかどうかで賭《か》けをしていた。三か月も付き合ったってことは、ミドルスクールじゃ、二年半くらいのイメージだ。タイラーはエラ・クインに、アルファベットのTの形をしたチャームのシルバーのネックレスまでプレゼントしてた（いっつも思うんだけど、どうしてタイラーは自分の頭文字《イニシャル》なんかにしたんだろう？　まさか〈見つけたら、タイラー・ハリスのもとへお返しください〉って意味？　エラ・クインが犬の首輪の札みたいなものをつけたがるはずないのに）。二人が別れたのは、タイラーが家の近くに引《ひ》っ越《こ》してきた新入生の女子を、タイラーの言葉をそのまま借りれば「落とせるかどうかやってみたくなった」せいだった。いちおう言っとくと、それってバカすぎるけど、タイラーいわく、エラ・クインは独占欲《どくせんよく》が超《ちょう》強くて、口うるさくて、えらそうな態度をとるようになってたらしいから、まあ、しょせんミドルスクールの恋愛《れんあい》でそんなことに耐《た》えてまでがんばる必要はないってことだったんだろう。

で、カフェテリアでなにがあったかっていうと、エラ・クインは、首につけていたシルバーのネックレスをブチッとむしり取って思い切り放り投げたのだ。ネックレスは大時計の上に引っかかった。どう考えても、今もまだそこにあると思うけど、あたしは背が低いので、見ることはできない。

「そうじゃない」あたしの問いかけに対して、タイラーはそう返事した。そして、そのまま先を言おうとしたけど、A先生がすぐそばにきたので、口を閉じた。

「あと十秒で話さなかったら、もう聞かないから」先生が通り過ぎると、あたしは言った。

「今すぐ話して」

「わかったよ」タイラーはもう一度まわりを見回して、だれも聞いていないことを確認したけど、またためらった。

あたしはうんざりして、スピーチの原稿《げんこう》にもどろうとした。どんな話だか知らないけどあとでいいや、そんなにもったいぶりたいなら。って思ったら、タイラーが口を開いた。

「エラ・クインは、おまえのことを好きらしいぜ」

第二章

一気に血の気が引いた。

　タイラーが好きな女子や、タイラーを好きな女子についての秘密なら、受け流せる。タイラーのお母さんとかお兄さんとか先生に対する文句も、平気。ホッケーとかスニーカーとかタイラーの好きなものについてだらだら話されても、適当に相槌《あいづち》を打っていられる。でも、今回の秘密については、どう反応すればいいのか、わからなかった。

「ありえないよ」あたしは、タイラーがたまにあたしに向かってする顔を真似しようとした。〈こんなうっとうしいやつに、このおれが話しかけてやってることが信じられない〉って顔。「エラ・クインは女を好きじゃないもん」

　エラ・クインが女子を好きなはずがない。でも、そもそもあたしは、実際に女子が好きな女子に会ったことはない。つまり、エラ・クインは本当に女子が好きだけど、あたしがその兆候を見逃《みのが》してるってことはありうる。だけど、あたしは、エラ・クインがあたしと同じような意味で女子が好きってことはありえないって、ほぼほぼ、百パーセントくらい、確信できる。ええと、九十七パーセントくらい。

「昨日、エラ・クインが自分でそう言ったんだ」タイラーは肩《かた》をすくめた。「で、おまえの名前を挙げたんだよ」

あたしは、グループワークをしている子たちのおしゃべりや笑い声やさけび声を消し去ろうとした。あたしがこの情報をどう処理しようとしているか、タイラーが注意深く観察しているのも、無視しようとした。タイラーのことなんて、どうでもいい。ほかのみんなのことも、どうでもいい。考えなきゃ。そう、以下の三点について。

1. タイラーは本当のことを言ってるのか？　確かに、タイラーの言うことをいちいち真面目に聞いてるわけじゃないけど、これまでタイラーがうそをついたことはなかった気がする。
2. エラ・クインは本当にレズビアンなのか？
3. あたしはエラ・クインのことが好きか？　つまり、そういう意味の「好き」か？

最初の二つについては、答えはわからなかったけれど、三つ目については完全な「ノー」であることは、ほぼまちがいなかった。エラ・クインはふつうにいい子だけど、あたしにとっては、スピーチコンテストで負けたときから、まさに宿敵と言っていい。しかも、この何か月か、タイラーから聞かされたことといえば、エラ・クインは彼女《かのじょ》としてサイテーだったたって話ばかりだったし。

別に、あたしがエラ・クインと付き合いたいって意味じゃないけど。もし、今この瞬間《しゅんかん》にやりたいことをやっていいって言われたら、すぐさま学校を出て、うちに帰って、ベッドに入って、めっちゃチーズ味のものを食べると思う。

「だれにも言うなよ」タイラーは言った。こういう話のあと、必ず言うセリフだ。

でも、今回はいつもとはちがう。そう言ったときのタイラーの顔には妙《みょう》なニヤニヤ笑いが浮《う》かび、目の表情も明らかに面白がってた。はら、言っちゃえって感じ。あたしが教室を飛び出していって、学校中に触《ふ》れ回るのを期待してるみたいな。それを見て、はっきりと悟《さと》った。タイラーの友だちがお互《たが》いに「おまえ、ゲイだろ」って言い合ってるとき、それは悪口だって。もちろん、これまでだってわかってなかったわけじゃない。ミドルスクール二年にもなって、アホな子たちが悪口として「ゲイ」とか「レズビアン」って言ってることに気づいてないわけがない。でも、それとはちがう。タイラーの目を見て、タイラーは「ゲイ」や「レズビアン」のことを本気で悪いことだって思ってるのがわかったから。

タイラーが、あたしのことに気づいてるとは思わない。だけど、先週だったら、タイラーにあたしがレズビアンだって知られても別にかまわないって答えたと思う。でも、今はわからない。タイラーのこの表情を見たあとじゃ。

タイラーはあたしになにか言ってほしがってる。学校中に触《ふ》れ回ってほしいって思ってる。

理由はわからないけど、このあいだ別れたときから今日までのあいだのどこかで、エラ・クインをひどい目に合わせるって決めたんだろう。

「タイラーはだれかに言うつもりなわけ?」

「なにそれ、どういうこと?」タイラーは、まるでたいしたことのない話だって感じで言った。その「たいしたことない」があたしにも向けられているように感じる。タイラーはこんなふうに、おまえのことなんて真面目に相手してないって思わせる言い方が上手《うま》かった。これってショックを受けるところなのかどうか今ひとつわからない、というような言い方が。

「あたしのことを巻きこまないで」感じ悪い言い方だってわかってたけど、これはタイラーとエラ・クインのあいだのことだ。エラ・クインのことをアウティング*するのはいいこととは思えない。で、あたしのことをアウティングされるのは、まちがいなく、よくない。あたしたちはミドルスクールの二年生なのだ。食うか食われるかの世界なんだから。

「どうしておれがそんなことするんだよ?」タイラーは無邪気《むじゃき》な感じで目を見開いてみせた。A先生に、授業の内容が簡単すぎるから退屈《たいくつ》してるだけです、って暗に伝えるときの目だ。タイラーが先生にそれをやるたびに、あたしはあきれてたけど、いざ自分にそれが向けられると、本気で言ってるのかどうかよくわからない。

でも、そのとき、あることに気づいた。ふっと肩《かた》から力が抜《ぬ》ける。あたしは机に肘《ひじ》をのせ、ほおづえをついた。そして、にんまりと笑ってみせると、タイラーの顔が戸惑《とまど》ったようにみるみる曇《くも》るのがわかった。

「確かにね。言うわけないか」あたしは上機嫌《じょうきげん》で言った。

あたしの自信たっぷりなようすに、タイラーが驚《おどろ》いた顔をする。

「どうしてだよ?」

「だって、先週、エラ・クインをまたデートに誘《さそ》うつもりって言ってたよね」スピーチコ

＊ 当事者の許可なく、人の性自認、性的指向を暴露《ばくろ》すること

ンテストで最高に調子がのってきたときの感じがよみがえってくる。言いたい言葉が、勝手にすらすらと目の前に並ぶのが、実際に見えるような感じ。「わざわざエラ・クインに断られたなんて、自分から話すわけないもんね？　そんなことを話したら、みんなはどう思うかなぁ？　エラ・クインがタイラーとよりをもどしたくないと思ってるんだったら、もうサイテーの彼女《かのじょ》だったなんて言えなくなるもんね。むしろタイラーのほうが、サイテーの彼氏《かれし》だったってことになるんじゃないかなぁ？」

「うるせえ」すぐさま、タイラーはかっとなって言い返した。あたしの机のわきをつかんでる手の関節が白くなってる。「おまえ、自分がなにを言ってるのか、わかってんのか？」

確かにそれはわかってないかもだけど、タイラーの痛いところを突《つ》いたのは、わかっていた。つまり、あたしが勝ちつつあるってことも。

「図星だってことは、わかってるけど？」あたしは肩《かた》をすくめてみせた。すっかり気分がよくなっていた。今や、あたしのほうが優位に立ってる。タイラーはもうぜんぜん怖《こわ》そうに見えない。こういうタイラーなら大丈夫《だいじょうぶ》。「タイラーはしゃべらないし、あたしもしゃべらない。つまり、あたしたちはこれからもなにも言わないまま、ってこと」

タイラーは、「クソ」よりはるかに悪い言葉を口にしようとしたみたいだったけど、そのときA先生がまたあたしたちの机の横を通った。

「そういうことだな」長い沈黙《ちんもく》のあと、タイラーは言った。

「そういうことだね」あたしは返した。

タイラーは課題に、あたしはスピーチ原稿《げんこう》にもどった。でも、そのあとも、あたしたちは、チラチラと相手を見やっていた。タイラーはなにを企《たくら》んでるんだろう。ていうか、そもそもなにかを企《たくら》んでるのかどうかも、わからないけど。タイラーは、ふいにわからなくなったんだと思う。この先、地味でダサいヘイゼルに秘密を打ち明けていいのかどうかが。

第三章

「ですから、これから、説明できないものを見たときは、こう考えてください。気のせい？　それとも、世界には謎《なぞ》のまま残される定めのものがあるということ？　ご清聴《せいちょう》ありがとうございました」

お母さんはタイマーを止め、お父さんといっしょに勢いよく立ち上がって、拍手《はくしゅ》した。お父さんなんて指笛まで吹《ふ》いた。二人が本気でいいと思ってるのがわかる。あたしは顔がにやけるのをなんとか隠《かく》そうとした。

「すごくよかったわ。それに、長さもちょうど三分を超《こ》えるくらい。もう少しゆっくりしゃべるようにすれば、『スピーチは三分以上』のルールはらくらくクリアするわよ」お母さんが言った。

あたしはうなずきながら、うれしくて顔がほてるのを感じた。ふだんは親の前でスピーチの練習なんてしないけど、部屋の鏡の前で何度も練習してたら、頭がおかしくなりそうになったのだ。鏡は誉《ほ》めてくれないし、もちろん、スタンディングオベーションはありえない。

「謎《なぞ》に絞《しぼ》ったのがよかったな」お父さんが言った。そうしろと言ったのはお父さんだから、満足げだ。

「ありがとう」あたしは、からまった髪《かみ》を指ですきながら言った。お母さんは毎朝、髪《かみ》を結ぶのを手伝うって言ってくる。**最高にきれいな髪《かみ》をしてるんだから！　黒くて、たっぷりと長くって！**　でも、一度、髪《かみ》を任せれば次は、**ねえ、今日の服はわたしに選ばせてちょうだい、三日続けて同じジーンズを履《は》いていかなくたっていいじゃない！**とか言い出して、それからはもう坂道を転げるような状態になるに決まってる。

もう一つ謎《なぞ》を加えたほうがいいかどうかきこうとしたとき、部屋の隅《すみ》に置いてある赤ちゃんモニターからものすごい泣き声が聞こえてきて、お母さんとお父さんとあたしは三人同時にぎくりとした。

お父さんとお母さんにとって、ローワンは予定外だった。あたしは十一年間、一人っ子としてやってきたし、お父さんとお母さんはいつも、あたしだけいれば幸せだし、弟や妹は必要ないって言っていた。でも、その初心をなにがなんでも貫《つらぬ》くってわけじゃなかったらしい。ローワンが生まれて一年近く経つし、確かにローワンはかわいいけど、いっつも邪魔《じゃま》されてスピーチの練習すら最後までろくにできない。

「ようすを見てくるわね」お母さんは言うと、ものすごい目力でもってあたしを見てきた。「すぐにもどってくるから。そうしたら、好きなだけスピーチの相談ができるからね。そのあと、みんなでアイスクリームでも食べるのはどう？」

この一年というもの、大量のアイスクリームを食べている。ローワンが生まれることがわかると、お母さんは、二人目ができたときの上の子への接し方、みたいな本を片っぱしから読みまくったんだけど、そのほとんどに、上の子に、のけ者にされてるとか、放っておかれてるとか思わせてはいけません、と書いてあった。で、あたしは病院でやってる〈これからはお姉さん〉クラスにいかされたんだけど、ダントツで年上だった。赤ちゃんの人形におむつをあてる練習をさせられても、とうぜんダントツでうまかった。ほかの参加者はまだよちよち歩きの幼児だったんだから。なのに、いまだにおむつを変えさせてもらったことがない。上の子が十一歳《さい》のときに二人目が生まれたっていうのに、どうして手伝わせないんだろう？　へんすぎる。

お母さんにとって「のけ者にされてるとか、放っておかれてるとか思わせない」っていうのは、しょっちゅうアイスクリームを食べさせるってことらしかった。この調子でアイスクリームショップにいきつづけてたら、弟に乳歯が生えるまえにあたしの永久歯が抜《ぬ》けそう。

お母さんは急いで二階へ駆《か》けあがっていった。でも、その前に、お父さんに〈わかってるわね〉目線を送るのは忘れなかった。このあとは大抵《たいてい》、あたしの「気持ち」についての会話を強制されることになる。

「本当にアイスクリームが食べたいか？」お母さんがいなくなると、お父さんはきいた。

「アイスはいつだって食べたいよ。子どもだからね」

まるであたしが超重要《ちょうじゅうよう》で超深刻《ちょうしんこく》なことを言ったみたいに、お父さんはうなずいた。

「だな！」お父さんはソファーにすわったまま伸《の》びをして、臭《くさ》そうな靴下《くつした》を履《は》いた足でついてきたから、あたしはぴょんと飛びのいた。「二年生だもんな！」

「二年生だもんね！」わざとお父さんみたいに低い声で繰《く》り返すと、お父さんは笑った。

「これまでのところ、どんな感じだい？　ほかの子たちはどうだ？　新しい友だちは？　おもしろいやつはいるか？　おまえがいつも話してるタイラーって子はどうしてる？」

タイラーのことをいつも話してなんか、いない。まあ、たまにタイラーのことで文句を言わずにはいられないときはある。あたしにはそういう話をする親友はいないから、お父さんとお母さんが聞き役の務めを果たすことになる。でも、それって、オールAだけど、ごくたまにささいな面倒《めんどう》ごとの話をする子どもか、友だちは多いけど、ろくに勉強もしないで、お泊《と》まり会で親が一晩中眠《ねむ》れないほどキャーキャー騒《さわ》ぐような子どもか、どっちがいいかって話だ。これまでのところ、お父さんにもお母さんにも、第二の選択肢《せんたくし》のほうがいいと言われたことはない。

今後は、タイラー・ハリスのことだけじゃなくて、もっといろんな話をすることにしよう。

「あいかわらずウザい」あたしは答えた。

お父さんは陽気に言った。「ふむ、だが、それにもそれなりのメリットがあるぞ！　お母さんもな、お父さんがあんまりうるさいから結婚《けっこん》することにしたんだと思う」

「それって、あんまりロマンティックじゃないね」

そう言われて、お父さんは一瞬《いっしゅん》、黙《だま》ったけど、あたしの言うとおりだって思ったと思う。お父さんが暗に言おうとしてることは、わかってる。あたしがタイラーのことを好きだと思ってるんだ。で、そのことをかわいいと思ってる。いつもなら、イライラするところだけど（あたしはだれのことも好きになってないし、近い将来、男子を好きになることはない。っていうか、永遠にない）、今日はちょっとビクッとした。計画では、なにか報告することができたときに、〈男子お断り〉の方針について話そうと思ってる。本当にエラ・

クインのことが好きだったら、今なんだろうけど、実際はそうじゃないから、まだ話すときではない。第一、今も九十二パーセントの割合でタイラーがうそをついてるって思ってる。第二に、そういうことを考えてると、お腹のあたりが気持ち悪くなる。今日はあれから一日、エラ・クインのことを全力で避《さ》けてた。でも、明日は、朝のホームルームのあと科学の授業がエラ・クインといっしょだ。このことをあれこれ考えるよりは、解剖《かいぼう》のほうがはるかにまし。

「あたしのことは心配いらないから」あたしはお父さんに言った。お父さんがこういう、〈子どもを理解しよう〉って感じの目で見てくるのは、あたしがちゃんとやってるか心配してるときだってわかってる。お父さんたちが年がら年中、あたしが大丈夫《だいじょうぶ》かどうかを心配してるせいで、つまりは、大丈夫《だいじょうぶ》だって思ってないんじゃないかって思うときがある。

「大丈夫《だいじょうぶ》だから」あたしは言った。それが、お父さんのききたいことだってわかってたから。

「うちにだれを呼んだっていいんだぞ。いいね？」

「わかってる」

じゃあ、どうして呼ばないいんだ？という問いが宙を漂《ただよ》う。実際は、お父さんは口にはしなかったけど。でも、あたしは、タイラー・ハリス専属の〈秘密の守人〉をやってきたおかげで、友だちっていうのは面倒《めんどう》なだけだと思い知ったのだ。常にだれかがだれかに腹を立てたり、だれかになにかを隠《かく》したり、相手が好きなのに好きじゃないふりをしたりしてる。情報についていくだけでも大変だ。しかも、たかが男子でそうなのだ！　これまで見てきたところから言えば、女子のほうが、秘密も、隠《かく》し事《ごと》も、演技も、腹を立てることも、多い。タイラーに聞いたところによれば、エラ・クインは初めてのデートの直後にキスが下手《へた》だと言ったらしい。

別にあたしはエラ・クインにキスする予定はないけど。だとしても、それって！

「大丈夫《だいじょうぶ》だから、ほんとに、あたしは一人でいるのが好きなの。だれかの気持ちを傷つけるかもとかそういうことを心配しないで、好きなことをやりたいんだ。自分の部屋が好きだし、そもそも同じ学年の女子となんの共通点もないし」

「まさか、そんなことはないだろう！」

「うちの学年の女子は同じ学年の男子のことばっかり気にしてる。バンドやってる男子とか、スポーツやってる男子とか、自分の好きな男子とか、自分を好きな男子とか。で、男子が気にしてるのも同じ学年の女子のことだけ。バンドやってる女子とか、スポーツやってる女子とか、自分の好きな女子とか、自分を好きな女子とか。そんな子たちと会話なんかつづかないよ」

ま、正直に言えば、今言ったことが本当かどうかはわからない。もちろん、前は同じ学年の女子と会話をしてた。小学校のときは、友だちもいた。誕生会に呼ばれたり、内輪のジョークで笑ったり、ハグしたりしてた。でも、ふたを開けてみたら、そのころの友だちはミドルスクールの学区がちがって、あたしがオークリッジ校に通いはじめると、わざわざ追いかけてまで連絡《れんらく》を取ろうとはしなかった。それに、今はみんな、男子の話にしか興味がない。それを言うならタイラーも、女子が男子の話にしか興味がないって話にしか興味がない。でも、少なくともタイラーは、自分のことしか考えてないから、あたしがだれを好きかなんて、そもそも考えもしない。

お父さんがじっと見つめてくるので、落ち着かない気持ちになる。今にも、**いつかおまえも男の子の話をしたくなるさ**とか、言ってきそう。

ありがたいことに、ちょうどそのとき、お母さんがもどってきた。めっちゃ目を覚ましてて、めっちゃ機嫌《きげん》を悪くしてるローワンもいっしょに。

ローワンのおかげで、アイスクリームをもらえるだけじゃなくて、気まずい状況《じょうきょう》からも抜《ぬ》け出せた。ほんと、お母さんは、あたしが弟のことを好きかどうか心配する必要なんてないのに。

第四章

エラ・クインの名前はエラ・クインじゃない。

っていうか、もちろんエラ・クインは本名だけど、フルネームだ。名前がエラで、クインは名字。でも、みんな、エラ・クインってフルネームで呼んでる。いまだにどうしてかはわからない。だって、うちの学校にはベラが十五人いるけど、エラは一人しかいないし。

エラ・クインとは、クラスがちがう。エラ・クインの担任はピッツ先生っていうんだけど、新学期が始まるまえ、あたしは何度もピッツ先生の夢にうなされた。っていうのも、去年、ピッツ先生が椅子《いす》を壁《かべ》に投げつけたからだ。それ自体、怖《こわ》いし、それよりもっと怖《こわ》いのが、うちの親が、娘《むすめ》が椅子《いす》を壁《かべ》に投げつける先生に教わってると知ったらなにをするかわからないってことだ。お父さんが送りつけるメールの数を考えるだけでも、ぞっとする。

今日の時間割では、午前に科学の授業がある。つまり、このあとすぐに、エラ・クインと顔を合わせることになる。仮病を使うことも考えたけど、昨夜はローワンが、お母さんの言うところの〈睡眠拒否《すいみんきょひ》〉だった。**うちの子、夜じゅううるさいったらありゃしない**の婉曲的《えんきょくてき》表現だ。で、ようやくローワンが寝《ね》たと思ったら、お母さんが寝坊《ねぼう》して、あたしたちは慌《あわ》てて家を出る羽目になり、どんな仮病にしようかなんて考える余裕《よゆう》はなかった。

エラ・クインは、あたしの前の列にすわっていたから、教室に入るときに、エラ・クインのあたしを見る目が前とちがうかどうかはわからなかった。でも、なにかヘンだったとしてもわかるはずがない。っていうのも、そもそもエラ・クインがわざわざあたしに話しかけてくること自体、ありえないから。

エラ・クインは嫌《いや》な子じゃない。あたしは友だちのいないぼっちのかわいそうな女子で、一方のエラ・クインはかわいくて頭のいい人気者の女子で、取り巻きがあたしのことを嫌《きら》って、いっしょにすわらせてくれない、みたいなよくあるやつじゃない。エラ・クインがあたしの宿敵ってことは確かだけど、別に嫌《いや》がらせを受けたことなんてない。

そもそも、エラ・クインはあたしの宿敵だとして、あたしがエラ・クインの宿敵かどうかはわからない。ちがうから、嫌《いや》がらせされたことがないのかも。

ベルはまだ鳴っていなかったので、あたしはエラ・クインの頭のうしろを眺《なが》めた。エラ・クインは親友のライリーの隣《となり》にすわっていた。いまだにわからないんだけど、どうやって隣《となり》同士の席になったんだろう。科学の授業では、席は指定なのに。エラ・クインとライリーの頭は、去年学校で三回もアタマジラミが流行したことを考えると、ちょっと距《きょ》離《り》が近すぎるような気がする。二人とも猛烈《もうれつ》な勢いでヒソヒソ話してる。時折、どちらかが紙になにか丁寧《ていねい》に書きつけ、もう一人がそれを見て、首を横に振《ふ》ったりうなずいたり、その紙をビリビリにちぎったりしてる。

なんかスパイっぽい。ミドルスクールに入って、みんながこれまでとちがうふるまいをはじめると、なんだか急に自分だけみんなとちがう言葉をしゃべってる気がした。エラ・クインとライリーがしゃべってる言葉は、あたしと同じ惑星《わくせい》の言葉とは思えないだろう。

あたしは二人のようすを食いいるように見ていた。今にも、二人が振《ふ》り返って、**ねえ、ヘイゼル、あたしたちがどんな話をどうしてしてるのか、知りたいの？**って言ってくるんじゃないかって勢い。エラ・クインは金縁《きんぶち》のメガネを何度も外しては、シャツで拭《ふ》いてる。メガネを取るたびに、編みこみにしているブロンドの髪《かみ》が何本かほどけて、なぜかそのせいでむしろかわいく、そう、有名人みたいに見える。そのうち、エラ・クインはライリーに腕《うで》を回して、ぎゅっとハグした。ライリーはなんとなく落ちこんでいるようすで、ブラウンの髪《かみ》を低い位置で結わえたポニーテールが、肩《かた》からすべり落ちてしょんぼりと背中に垂れた。エラ・クインは頭をライリーの頭のてっぺんにのせ（どうかシラミがいませんように）、二人はしばらくそのままのポーズでじっとしていた。

あたしは目をぐっと細めた。わかったようなことは言いたくないけど、どう見たってあれは、秘密のある人間のふるまいだ。

二人は頭を離《はな》すと見つめ合ったので、横顔が見えるようになった。エラ・クインはうしろに体を反らして、わざと変な顔をしてみせた。最初、ライリーの反応は薄《うす》かったけど、エラ・クインがずっと変顔《へんがお》をしてると、両手で顔を隠《かく》して笑いはじめた。

お腹のあたりがうずいて、抑《おさ》えこむ。あたしだってロボットじゃない。もちろん、みんな友だちといるときは心の底から楽しそうだってことは気づいてる。でも同時に、友だち同士がぴったり合ってるようすを見ると、ああいうふうに自分がだれかとぴったり合ってるところが思い浮《う》かばない。これまで見てきたことや、タイラーに聞いたことすべてが、なによりそれを証明してる。ときどき、高校に上がったら、またぜんぶ変わって、あたしもだれかぴったり合う子が見つかるのかもしれないって思う。でも、見つからないかもしれない。もしかしたら、あたしっていう人間の問題なのかも。

頭を振《ふ》って忘れようとする。今の問題はそれじゃない。問題は、あたしは今、うちの学年最大の秘密を握《にぎ》ってるかもしれないってこと。そして、その秘密をどうすればいいのかぜんぜんわからない。

ヘイグ先生がようやく教室に入ってくるのを見て、泣きそうなくらいほっとした。ヘイグ先生はすぐさま本題に入るタイプで、今回も期待を裏切らなかった。いきなり、考えなきゃいけないのは水の循環《じゅんかん》についてだけになった。それなら、できるはず。脳をシャットダウンして、科学のこと以外考えないようにすればいい。

できるって信じられる一歩手前まできた。

でも、だめだった。やろうとしたのだ。でも、ほかのことについて考えようとしても（ポーカーのルールとか、ビートルズのまだ生きてるメンバーのこととか、アトランティスの失われた都のこととか、〈テレタビーズ〉全員の名前とか、三年前に死んだハムスターのこととか——モッツアレラ、天国で幸せにね）、気がつくとエラ・クインとライリーのことを考えてる。秘密がないなら、どうしてあんなふうにすわってるんだろう？エラ・クインはどうしてあたしの名前を挙げたの？　わからない。この、わからないっていうことに、めちゃイライラしてくる。

これって。

これって。

あー、やっぱりわからない！　エラ・クインが本当に、タイラーが言ったって言ってたことを言ったとして、それって本気で言ったたってこと？　それとも、あたしならからかったって問題ないって思ったから？　なにも考えずにポイ捨てできる相手だって？　それとも、おもしろいと思った？　どこがおもしろいかは謎《なぞ》だけど。タイラーがいつも言ってたみたいに、エラ・クインは本当は嫌《いや》なやつなの？

でも、もしエラ・クインが言ったことが本気だったとしたら、そのことについて話したいと思ってるだろうか？　こういうたぐいのことを、わかってくれる相手と話すってどんなだろうって、思ったことはあるだろうか？　そう、あたしがいつも思ってるみたいに。あたしの中になにか、ピンとくるものがあったのかもしれない？　あたしがときどき思うみたいなこと、エラ・クインも感じてるだろうか？　目の前に広がるこの先の人生が、長くて暗くて霧《きり》に包まれてるように感じてる？　将来がどんなふうになるか、わからないことが多すぎて、怯《おび》えたりしてる？　あたしみたいに？

もしかしたら、そう、ひょっとしたら、エラ・クインも、今すぐだれか話す相手がほしいと思ってるのかもしれない？

そんなことをずっと考えているうちに、一日が終わり、ベルが鳴ると、みんなはワーワーさけびながら駆《か》けだしていった。十年間学校に閉じこめられてたのか、って感じ。実際はまだ火曜日で、明日の朝、またここにもどってくるのに。みんなが本当はただたむろしてるだけだけどいかにもバスに並んでますってふりをしてるときも、あたしはまだ考えてた。うしろにちょっと離《はな》れて立ってると、スクールバスの係の人がきて、みんないっせいに、ずっと並んでました、ってふりをした。あたしは冬のコートを着ていたけど、ブルッと震《ふる》えた。今日の朝、お母さんが「今日は、冬がすぐそこまできているように感じるんですって」とか言って、無理やり着せたやつだ。そのときはいらないって言ったけど、ちゃんと天気予報チャンネルを見てる人のほうを信じるべきだろう。実際、今日は冬みたいだった。

エラ・クインはあたしと同じバスだった。これまでたいして気にも留めていなかった。っていうのも、あたしたちのバスは〈あっちのバス〉って言われてて、郊外《こうがい》の大きな農場の子（エラ・クイン）か、町の中心から外れたところにある、むかし郵便局だったおんぼろの建物に住んでる子（あたし）が乗るバスだ。ほかの子たちはそれぞれ、こぎれいな分譲地《ぶんじょうち》へいくバスに乗っていた。あたしたちのバスのルートが一番長くて、森を抜《ぬ》け、舗装《ほそう》されていない道路を通って、農場やなにもない野原のあいだをくねくねと走っていくんだけど、二十人くらいしか乗ってなかったから、だれと隣《となり》にすわるかを心配する必要はなかった。

もちろん、そもそもエラ・クインがあたしの隣《となり》にすわることはない。ライリーはお母さんと森の真ん中のログハウスに住んでいるから、やっぱりあたしたちのと同じバスで、エラ・クインとライリーはいつもいっしょにすわっていた。それが決まりみたいになってる。今も、二人は科学の授業のときみたいにくっついて列に並びながら、小声でしゃべっていて、まわりなんて見えていない感じだった。ライリーは盛りあがってて、腕《うで》を振《ふ》り回して、あちこち指さしながら話してる。一回、こっちのほうを指さしたから、あたしはぱっと顔を背けた。タイラーは別のバスだから、姿は見えないけど、どこかそのへんに並んでたっておかしくない。あたしがこんなふうにエラ・クインとライリーを見てるのを見たら、どうしてそんなに興味を持ってるんだろうって怪《あや》しまれて、ろくなことにならないに決まってる。

そのとき、エラ・クインがすっとライリーから離《はな》れ、あたしのほうへきて小声で言った。

「今日、隣《となり》にすわってもいいかな？」

第五章

そう言われてあたしはまず、ライリーのほうを見た。でも、ライリーはこっちを見ていなかった。っていうか、だれのことも見てなかった。空を見上げて、タイラーのなにも知りませんってときの顔そっくりの顔をしてる。

「どうしてあたしの隣《となり》にすわりたいの？」きいてからすぐに、しまった、と思った。エラ・クインががっかりした顔をしたからだ。「っていうか、ライリーといっしょにすわるんじゃないの？」

「今日はいいの！」エラ・クインは言った。どう言えば、感じ悪くならずに断れるのかわからない。で、結局、バスがきたので、まずライリーを先に乗せ、ライリーはそのまま前の席にすわった。エラ・クインはあたしの前に立ってどんどん奥《おく》へ歩いていく。あたしがいつもすわってるタイヤの上の席も通りすぎたので、後ろ髪《がみ》引かれる思いで座席を見つめながら、エラ・クインのあとについていった。

あたしたちは並んですわったけど、しばらくはなにも話さなかった。ほかの子たちがぞろぞろバスに乗ってきて、あたしたちをヘンな日で見てきたけど、エラ・クインは何人か上級生とも仲良くしてるせいか、だれもなにも言ってこなかった。あたしは窓側だったので、助かったと思った。窓の外を眺《なが》めて、ひとりですわってる気分になれる。でも、もちろん、そのままにしておいてはもらえなかった。

「今夜、スケートいく？」

全面的に感じ悪くなるのは避《さ》けたかったから、その質問を聞いたとたん思わず顔をしかめたのを隠《かく》そうとした。もちろん、あたしは町営スケート場にはいかない。みんな、スケートのことではちょっと騒《さわ》ぎすぎってくらい騒《さわ》いでる。毎週火曜日、前、競技場だったところで、三ドル（ホットチョコレート付きなら五ドル）払《はら》えば、だれでも同じところをひたすらぐるぐる回れる。か、たむろして、うわさ話ができた。あたしも一回だけ、お父さんといったけど、ミドルスクールがはじまって一週目で、これからのミドルスクール生活で友だちはできないって気づくまえだった。だれも、あたしに声をかけてこなかった。すでに友だちのグループができあがっていたからだ。入れなくていいのにわざわざ新しい子を入れる子なんていない。町営スケート場は学校とはちがう。先生がパートナーのいない子をグループに振《ふ》り分けたりしない。今のところ、どこよりも現実社会に近い場所なのだ。

「いかない」そうしたあれこれは言わず、あたしは一言で答えた。

エラ・クインはゆっくりとうなずいた。軽く頭をさげるような感じで。はたから見たら、二人とも、別々にすわりたそうな顔をしてると思う。

「そのうちいったら楽しいよ。ヘイゼルは興味ないかもだけど、けっこうおもしろいから。もしよければ、わたしとライリーといけばいいし」

同時に百万個くらいの感情が湧《わ》きあがった。エラ・クインの目的はなんだろう？　仮にあたしのどこかに友だちを作りたいっていう気持ちがあるとして、今の誘《さそ》いでその気持ちが大きくなりだしてる。でも、その気持ちをはるかに上回る疑問が浮《う》かんで、暴走しはじめる。エラ・クインがあたしに話しかけようって思ったのが、よりにもよって今日ってどういうこと？　たまたまタイラーがあたしにあの秘密を話した次の日になる確率ってどのくらい？

「うん、いつかね」あたしは答えた。

いく気ゼロだけど。

またしばらく沈黙《ちんもく》がつづいた。ふだんは平気なのに、今日は、バスが止まったり発進したりを繰《く》り返すせいで気持ちが悪くなってきた。頭を窓にもたせかけ、畑がひゅんひゅん通り過ぎていくのを眺《なが》める。目の焦点《しょうてん》を合わせないようにすれば、エラ・クインが横にすわってないふりができるかも。

「ねえ、ヘイゼル？」エラ・クインが言った。

できないし。

「なに？」

エラ・クインは下唇《したくちびる》をかんだ。「タイラーとはどのくらいしゃべるの？」

あたしは体をこわばらせた。「どうしてタイラーがあたしとしゃべるわけ？　いろんな話をしてくるほど、タイラーがあたしに関心あるはずないじゃん？」

「それって、質問の答えになってない」

あたしはしばらく考えてから、答えた。

「たまにしゃべる」

理論上は、あたしはエラ・クイン側のはずだ。〈宿敵〉ポイントをぜんぶ合わせたところで、〈フェミニスト〉ポイントプラス〈タイラーってたまにマジサイテー〉ポイントの合計と比べれば、エラ・クインに軍配があがる。でも一方で、エラ・クインがあたしに話しかけてきたのは、これが初めてに近い。そして、タイラーは認めないだろうし、それを言うならあたしも認めたくないけど、タイラーは年がら年中あたしに話しかけてくる。あたしはタイラーの秘密を守ったほうがいいのか？　それとも、エラ・クインの話に耳を傾《かたむ》けるべき？

「今年のスピーチはなにについて話すの？」あたしは話題を変えようとした。

うまくいったといえばうまくいった。エラ・クインはずっと背筋を伸《の》ばして言った。

「教えてもいいよ。先にわたしの質問に答えてくれたらね」

ゲッ。

「タイラーとは話があるときは、話すよ。クラスがいっしょだからね。宿題とかそういう話をしなきゃならないときもあるし」あたしは言った。

エラ・クインがあたしの答えについて考えているあいだに、ブレナ・パークがバスを降りた。百万人いるエラ・クインの友だちのうちの一人だ。ブレナは一瞬《いっしゅん》、足を止めて、エラ・クインの肩《かた》のあたりを軽くぎゅっとしてから、降りていった。

「明日も会えるって、知らないとか？」ブレナが降りてバスが走り出すと、あたしは言った。

エラ・クインは鼻にしわを寄せた。「友だちにやさしくするのっていいことだと思わない？」

どう答えれば、意地悪く聞こえずにすむか、わからなかった。だから、黙《だま》っていた。あたしもそろそろバスを降りるんだったら、まだましだったかも。でも、エラ・クインはそのことも計算に入れてたにちがいない。あたしが降りるのは終点だ。バスはくねくねとあちこち曲がりながら走って森や農場でそれぞれ生徒を降ろし、また町へもどるんだけど、あたしのうちはバスの車庫のそばなのだ。だから、最後の十分は運転手のクリスタルと二人きりでしんとしたまま乗ることになるんだけど、正直、この時間が一日で一番いい時間ってこともけっこうあった。エラ・クインが降りるのは、ちょうど真ん中あたりだ。それだけのために、あたしは初めてエラ・クインと人生を交換《こうかん》したくなった。

「毒だよ」またしばらく沈黙《ちんもく》がつづいたあと、エラ・クインが言った。

「え?」

「スピーチで話すこと」エラ・クインは座席の灰色のビニールにあいた穴をいじくりながらつづけた。「毒について。いろんな毒のタイプとか、有名な毒殺者たちとか、そういうの」

去年は歯の妖精《ようせい》で、今年は毒? どうせ、子どもに贈《おく》り物《もの》を持ってくるイースターのウサギとかそんなことについて話すんだと思ってた。だから、超《ちょう》クールな迷宮入りミステリーのスピーチなら楽勝だと思ってたのに、毒となると、話は別だ。エラ・クインは、あたしと同じくらい勝ちを狙《ねら》いにきてる。

あたしはまるまる一分間、より勝てるスピーチにするにはどこをどうするのがいいだろうって考えていた。やっぱりもうひとつ謎《なぞ》を加えるほうがいい。もう一度、謎《なぞ》をひとつひとつ見直して、できるだけクールなものになるように確認しよう。

あたしはなにがなんでもスピーチコンテストに勝ちたいと思ってるし、エラ・クインがそう思ってるのも知っていた。だから、さっきまでなら、あたしのスピーチのテーマを教えるなんて考えもしなかったけど、エラ・クインはいっしょにすわろうってあたしを誘《さそ》ってくれたし、自分のテーマも教えてくれた。エラ・クインが本当に、タイラーがいつも言ってるみたいな超《ちょう》ウザい彼女《かのじょ》だったとしても、少なくともあたしには親切にしようとしてくれてる。

そのあとどうなったかっていうと、あたしはエラ・クインのほうを見て、あたしのテーマを教えようとした。そうすれば、たぶんエラ・クインもこれで立場は平等になったって思うだろうから、二人でスピーチのこととか、どうしてほかの子たちはコンテストに興味がないんだろうあたしたちは関心があるのにとか、話せるし、そうすれば、エラ・クインといっしょでもなんとかやり過ごせるだろう。

――のはずだったのに、あたしはうっかりこう言った。「エラがタイラーに話したこと、聞いたよ」

エラ・クインの全身が、雷《かみなり》で撃《う》たれたみたいにビクンとした。顔から血の気が引いて、うそじゃなくて本当に、うしろに垂らした編みこみが驚《おどろ》いた猫《ねこ》みたいに跳《は》ねあがった（まあ、道路の凸凹《でこぼこ》でバスが揺《ゆ》れただけかもだけど）。

最初、エラ・クインはどう反応したらいいのか、わからないみたいだった。みんなが聞いてるんじゃないかって感じでまわりを見回して、それから、そんなはずないのに気づいた。

「そのことについて話したかったら、話していいよ」あたしは言った。「あたしね……」

最後まで言うまえに、バスがまた止まった。今度、こっちにきたのはライリーだった。

「え！」エラ・クインはだれだっけって感じでライリーを見上げた。「もう着いた？」

「はい、奥《おく》さま」ライリーは言った。あたしと目は合わせなかったけど、なんとなくこっちの方向に向かってにっこりほほえんだ。

「今夜はライリーのところにいくの。ライリーのお母さんにスケートに連れていってもらうから」エラ・クインはあたしに説明した。

あたしはうなずいた。「いいね。じゃ、また――」

「ヘイゼル」エラ・クインが言った。ライリーはクリスタルにエラ・クインがすぐにくると言いにいった（クリスタルが嫌《きら》いなものがあるとすれば、それはさっさと乗り降りしない生徒だった）。「今日の夜、町営スケート場にきてくれない？　お願い、お願いだからきて」

「あたし、ふだん、いってないし」あたしは言った。エラ・クインは昨日のタイラーみたいに、妙《みょう》に前のめりになってピリピリして見えた。ローワンが生まれてから数週間のうちの親たちにちょっと似てる。

「どうしても話したいの。大切なことなんだ。学校じゃないところで話したほうがいいかなと思って」

どうしてかわからないけど、そのとき、あたしの中のなにかがふっとゆるんだ。エラ・クインがあまりにも怯《おび》えたような顔をしていたせいかもしれない。じゃなきゃ、これまでだれにも誘《さそ》われたことはなかったのに、どうしてもきてほしいって言われたからかも。火曜日は一週間で一番嫌《きら》いな日だから、そのせいで弱っていただけって可能性もあるけど。

理由はなんにせよ、あたしはこう言っていた。「うん、わかった」すると、エラ・クインは肺の空気をぜんぶ吐《は》き出して、言った。「ありがとう」

エラ・クインはバスを降りていった。あたしは両手に顔をうずめた。

第六章

夕食の席で町営スケート場の話をしたときのお母さんときたら、今にも心臓発作を起こすんじゃないかと思ったくらいだった。

「いきたいの？」

正直、ちょっと腹が立った。まあ、確かに、この一年ちょっとは、世界一社交的な人間ってわけじゃなかったかもしれない。でも、あたしが学校の子といっしょに、人の集まるところにいくのが、そんな衝撃的《しょうげきてき》なわけ？

(それから、確かに自分がいく気ゼロだったことを思い出したけど、それをお母さんに教えるつもりはなかった)

「まあね。バスでピッツ先生のクラスの女子に誘《さそ》われたんだ」

「いきたいのね」お母さんは繰《く》り返した。「わたしたちのせいでいかなきゃって思ってるわけじゃないわよね？　ヘイゼルがいきたいってことよね？」

「お母さんがあたしのこと、そうやって根暗扱《ねくらあつか》いするんだったら、いくのやめるけど！」

それを聞いたとたん、お父さんとお母さんは同時にわあわあしゃべりはじめた。「もちろんヘイゼルは根暗《ねくら》なんかじゃないぞ」「ただよかったなって思ってるだけよ！」「出かける時間になったら教えてくれればいいから」「ヘイゼルがそうしたいなら、すぐにでも出かけられるわよ。カバンを取ってくるから待ってて」

あたしは慌《あわ》てて言った。「いっしょにこなくていいからね。気を悪くしないでよ。でも、ふつう親はこないから」

「じゃあ、あの競技場では毎週火曜日の夜にミドルスクールの子たちが勝手に集まってハメを外してるってわけか」お父さんが言った。

あたしはため息をついた。「わかったって。きてる親もいるよ。だけど、エラ・クインはライリーのお母さんに連れてきてもらうことになってるから、保護者はちゃんといることになるでしょ」

「ライリーってだれ？」お母さんがきいた。

「エラ・クインの友だち」

「エラ・クインってだれだ？」お父さんがきいた。

「こんなこと話してる時間ないよ！」

最終的にはお父さんがお母さんを説得して、あたしは一人でいかせてもらえることになった。お父さんとお母さんのあいだでさんざん深刻な目線が交わされた。どうせ、〈娘《むすめ》の成長を阻害《そがい》するわけにはいかないものね〉とか〈今は微妙《びみょう》な年頃《としごろ》だからな〉とか〈社会に順応するのはとても大切だし〉みたいなことだと思う。

うちの親は、世界一の親になるためのハウツー本みたいなのを山ほど読んでる。世界一の親コンクールとか（ないと思うけど）もしあったら、まちがいなくエントリーしてる。

いくまえに今着てるパーカーとジーンズを着替《きが》えようかと思ったけど、バカみたいだと考え直した。がんばってる感じにしたくない。あたしの見立てでは、次のうちどっちかの可能性しかないから。

1. あたしは飛んで火に入る夏の虫で、エラ・クインがみんなに招集をかけてて、あたしを笑い者にして、レズビアンだってからかって、あたしは完全にビビッて、大学まで友だちゼロになる。
2. エラ・クインはあたしにカミングアウトしようとしてて、でもそれって、かなりヘンなんだけど、っていうのも、これまでろくに話したことないし、あたしもそんな話をされてもどうしたらいいかわかんないし。なんだけどいちおう、自分がカミングアウトするとしたらどういう感じがいいか考えてみたんだけど、そんなときに相手がおしゃれしてたら、かなり微妙《びみょう》だと思ったから。

お父さんが駐車場《ちゅうしゃじょう》に車を停めたときに初めて、そういえば、エラ・クインとライリーが本当にくるかどうか、わからないことに気づいた。確かに、エラ・クインはくるって言ったけど、どうして頭から信じられるわけ？　タイラーにきけば、エラ・クインが言うことなんてなにも信じられないって言うだろう。エラ・クインのことをそこまで意地悪だと思ってるわけじゃないけど、あたしにはタイラーの話以外の判断材料はないのだ。

「電話したらすぐに迎《むか》えにきてよ」車のシートに身を沈《しず》めながらお父さんに言った。「千分の一秒できて」

もうすぐ十二月だし、このごろ暗くなるのが早い。太陽はすでにスケートリンクの外の木立の向こうに沈《しず》んでいた。歩いてる子たちのほとんどが、知ってる顔だ。競技場の照明に照らされて、二人かそれ以上の人数で入っていく。みんな、あたしよりもはるかに気楽そうに見えた。

お父さんはスマホを手に取って、うちの住所を入力しはじめた。最後まで入れると、画面にうちからここまでは五分だと表示された。

「千分の一秒は無理だが、五分でこられる。信号に引っかからなければ四分だ。お父さんのことをピザのデリバリーだと思っていいぞ。『五分以内で到着《とうちゃく》します。だめなら無料』！」

「どっちにしろ無料だよ。父親なんだから」

でも、あたしはにっこりした。あたしが笑うってことは自分が気の利いたことを言ったって意味なのは、お父さんもわかってるから、すっかり満足げな顔をして帰っていった。たぶんうちに着いたら、お母さんのところにいって、「親業の成功」の話を聞かせるんだろう（ちなみに、この「親業の成功」っていうのは、お父さんたちが読んだ本のタイトル）。

「ただの巨大《きょだい》な氷の塊《かたまり》だから」駐車場《ちゅうしゃじょう》で一人になると、あたしはつぶやいた。「ただ、氷だらけの場所ってだけ」

それに、知ってる人ばっかり。頭の中の声が、余計なお世話なことをつぶやく。この大きな茶色い建物はなんだか威圧感《いあっかん》がある。小さいころ、誕生日パーティをしてたときとはぜんぜんちがって見える。今では、いろんなことが起こったり、みんながしゃべったりする場所なのだ。

「ヘイゼル！」

エラ・クインの姿を見て、こんなにうれしいと思う日がくるなんて。

「ああ、うん」ほっとしてるのが、あんまり出すぎてないといいけど。本当はこう言いたかった。**ああ助かった本当にいてくれてほっとした一人で中に入らなきゃならないかと思ったよそもそもスケートできないのになんできちゃったんだろう？**

「ありがとう、きてくれて」エラ・クインは言った。髪《かみ》はおろしてニット帽《ぼう》をかぶってるんだけど、それがイケてる女子のかぶり方って感じで、あたしにはぜったいできないやつだ。「ふだんだったら、ヘイゼルはこない場所だってことはわかってるんだけど」

あたしがスケート場にこないのは本当なのに、むっとした。勝手に自分のことを推測されるのは好きじゃない。

「あたしに話したいっていう大切なことってなに？」あたしはきいた。

エラ・クインはもぞもぞした。あたしがぎりぎり気づくくらい少し。「ライリーが今、お母さんと話してってね」あたしの質問には答えずに、エラ・クインは言った。「ロビーで待ち合わせてるの。中に入って話さない？」

あたしは肩《かた》をすくめた。どういう流れになるのか、わからなかったからだ。エラ・クインはイエスという意味に取ったみたいで、先に立って建物の中に入っていった。

中に入ると、カウンターに高校生くらいの男子がいて、みんなの手にスタンプを押《お》していた。体の割に背が高く見え、夜のうちにググっと伸《の》ばされちゃったみたいな感じがする。

あたしと同じくらい、ここにいることで興奮して見える。隣《となり》でエラ・クインがああもう！って感じの声をあげたけど、特に気に留めなかった。

カウンターの男子は、エラ・クインを見ると、いきなりはりきって背をぐっと伸《の》ばし、あたしたちに向かって満面の笑みを浮《う》かべた。

「その子は妹さん？」彼《かれ》はエラ・クインに言った。一瞬《いっしゅん》、間をおいてから、あたしのことを言ってるんだって気づいた。

言っとくけど、あたしはそこまで子どもっぽく見えるわけじゃない。ミドルスクール二年生ならこんなだろうっていう外見だ。自分のことを説明しろって言われたら、なにからなにまで「中くらい」って言うと思う。そもそもミドルスクールって中《ミドル》だし！　それで通るし！

でも、エラ・クインは……。

エラ・クインには……。

エラ・クインに関して言えば……。

えっと、品よく言う方法がないんだけど、エラ・クインには胸がある。同じ年齢《ねんれい》の子にとっては、考えるのすらまだ二年早いって感じの胸が、エラ・クインにはある。超《ちょう》気まずい感じで話題にのぼるような胸が。

で、たぶん、チケット係の男子高校生がじろじろ見るような胸が。

っていうか、実際見てる。

「友だちです」エラ・クインは言った。あたしはちょっとびっくりした。たぶん、**え、まさか、そんなはずないし**みたいなことを言うと思ってたから。「学校の同級生なんです。い、い、い、い、ミドルスクールの」

高校生はぱっと視線をエラ・クインの顔にもどしたけど、本当なら後ろめたく思うべきなのに、思ってるようには見えなかった。そして、あたしたちの手にスタンプを押《お》した。エラ・クインは手と手が触《ふ》れないように、すぐさま引っこめた。

「今のって……」言いかけると、エラ・クインはあたしが言い終わるよりも先に、あたしが思ってたことを口にした。

「毎回必ずね。で、『必ず』って言ったのは本当に『必ず』だからで、か、な、ら、ず、ま、い、か、い」

そして、どうだっていいっていうように天井を仰《あお》いで見せたけど、顔は真っ赤だったし、ロビーでライリーと待ち合わせてるって言ってたのに、どんどん先へいってしまった。慌《あわ》ててうしろから追いかけたけど、何人か同級生とすれちがって、決まり悪かった。きっと、あたしがエラ・クインを追いかけ回してて、エラ・クインはあたしをまこうとしてるって、思われただろう。

「スケートはすべれる？」ここまでくればいいだろうと思ったらしく、エラ・クインはきいた。「ごめんね。誘《さそ》うまえに、きけばよかったね」

この町の人はみんな、スケートをする。すべれないのが恥《は》ずかしいのは、そのせいだ。でも、エラ・クインの言い方は、ほかの人とはちがった。みんな、もっと、**どうしてスケートしないの？　変わってるよね**って感じできいてくる。でも、エラ・クインは、あたしの答えがどっちでも気にしてないみたい。

でも、それから、先月、タイラーと話したときのことを思い出した。ジョークを言ったら、エラ・クインも笑ったのに、そのあとそれをエラ・クインが母親に言ったら、不適切な冗談《じょうだん》だって言われて、まずいことになったって。だから、エラ・クインに悪気がないように見えても信用しちゃいけないんだ、と思い直す。

「別にいいよ」あたしは言って、さっと髪《かみ》を払《はら》おうとしたけど、どっちかっていうと筋肉が痙攣《けいれん》したみたいになった。「あたしはスケートしにきたわけじゃないし。なにか話があるって言われたから」

またもやエラ・クインはもじもじした。あたしは肩《かた》をいからせて、どういうことかさっさと説明してって言おうとしたけど、口を開くよりまえに、エラ・クインがにっこりした。

ライリーがようやくあたしたちを見つけて、こっちへきたのだ。

「その話はあとで！　ポップコーン食べる？　おごるよ！」

ポップコーンにノーって言うのは、難しかった。

第七章

ライリーとあたしは、まえからいっしょに遊んでたみたいに挨拶《あいさつ》を交わした。今さら自己紹介《しょうかい》するほうが変だし。会ったことがないわけじゃないけど、なにかいっしょにしたこともなかった。

これまでライリーをあまり意識したことはなかった。ライリーはむかしからずっとエラ・クインの親友ってだけで、それ以上は知らなかった。二人がほかの目立つ女子としゃべってるのを見ることはあったけど、二人はいつもいっしょで、二人一組って感じだった。エラ・クインが本当に女子が好きだとして、それがあたしで、ライリーじゃないなんて、ありえない気がする。

「ヘイゼルはスケートはしないから――」

「しないなんて言ってない」思わず横から口を出して、すぐに後悔《こうかい》した。たまには、勝手に推測してもらったほうがいいかもしれない。特にその推測があたってるときは。

「あ、ごめん！　じゃあ、すべりたい？　なんでそう言ったかって言うと、ライリーとわたしはふだんはすべらないから」

「わたしはすべれないんだ」ライリーが言い、あたしはバカみたいだと思ったことをバカみたいだと思った。

ああもう！

なんでもないって感じにふるまおうとする。「そっか。じゃ、すべらなくてもいいんじゃない？　それでいいよ」

エラ・クインは、あたしがスケート靴《ぐつ》すら持ってきてないという事実に気づかないふりをしてくれた。靴《くつ》なしじゃ、簡単にすべれるとは思えないけど。

あたしたちは売店へいった。たちまち、口の中に唾《つば》が湧《わ》いてくる。この偽《にせ》のバターの香りをかぐと、なぜか特大サイズのポップコーンとピザとお菓子《かし》をぜんぶ食べられそうな気がしてくるからふしぎだ。

来年のスピーチのテーマ候補に〈なぜポップコーンはすばらしいのか〉を入れておこう。

列に並ぼうとしたら、エラ・クインが言った。「ライリー、お金を渡《わた》したら、みんなのぶんも買ってきてくれる？」

エラ・クインはあたしたちの頭越《あたまご》しに売店のほうを見ていた。カウンターに、さっきとは別の高校生っぽい男子がいる。あたしたちの手にスタンプを押《お》した男子とはちがうことは、あたしにもわかった。男子はみんな、似たように見える。

ライリーはお金を受け取ると、列のほうへ歩いていった。最初、あたしはエラ・クインと残ったほうがいいだろうって思った。あたしを呼んだのはエラ・クインなわけだし、ライリーとはほとんどしゃべったこともないし。ところが、エラ・クインに「ヘイゼル、ほんとに好きなものを買っていいからね。先週末ベビーシッターをしたから、お金はあるんだ」って言われたので、つまり、ライリーといっしょに並んでこいという意味なのだと解《かい》釈《しゃく》した。

なんとなく気まずい気持ちでのろのろと歩いていった。でも、あたしがいくと、ライリーはあたしが入れるようにさっと場所を開けてくれた。

「ここにいる男子はみんなエラ・クインに夢中だから、ポップコーンすら買えないって感じ?」

言ったとたん失敗したと思った。つまり、正直、あたしは女子よりもタイラーと話すことに慣れてる。タイラーが相手なら、今みたいなことを言ったら、めちゃウケるだろう。タイラーなら大笑いして、さらに自分の秘密を話してくるだろうし、正直、たまには気のきいたことを言った気になるのも悪くない。

ある意味、女子の世界を忘れてたんだと思う。本当に仲のいい友だち同士だっているってことを。もちろん、ライリーは、タイラーとはちがって、いっしょになってエラ・クインを悪く言ったりしなかった。エラ・クインは自分のことしか好きじゃないってタイラーは言ってるけど、そんなはずがないってことに、あたしは今、気づいた。まあ、あたしのことは好きじゃないかもしれないけど、ライリーのことは好きだ。そして、ライリーもエラ・クインのことが好きなのだ。

そして、エラ・クインとライリーも、自分たちのことを勝手に推測するような人間を嫌《きら》ってる。

「ここにくるまえ、エラはパニック発作を起こしそうになったんだよ」ライリーは、けんかしたら勝てるか確かめようとしてるみたいに、あたしのことを上から下まで眺《なが》めた。

「男子が言ったりやったりしてくることとか、そのせいでどんな気持ちになるかとか、エラは大げさに言ったりしてない」

たちまち最低な気持ちになった。

「ごめん」ぼそりと言ったけど、ライリーは返事をしなかった。

ようやく列の先頭までくると、ライリーはポップコーンを三つと、ちょっと考えてから、サワーキャンディを一袋《ふくろ》選んだ。ライリーがキャンディをカウンターに置くまえに、ポケットに手を突《つ》っこんで、その分のお金を払《はら》った。

「ほんとにごめん。あんなこと言うなんて、最低だった」買ったものを受け取りながら、あたしは言った。

ライリーはにっこりして、キャンディの袋《ふくろ》から赤いのを一つ選んで差し出した。一番いい色のだったから、許してくれるっていうしるしかも。

お菓子《かし》を持って競技場へもどると、ライリーとエラ・クインのあとについてスタンド席へいった。いつもここにすわってるらしい。ここからだと、みんながすべってるのがよく見える。だれがだれだかわかるくらい近いけど、うわさばなしをしても聞こえないくらいは離《はな》れてる。

席に着く間もなく、ピッツ先生のクラスの、名前を思い出せない女子がいきなりきて、ライリーにいっしょにやってる課題の話をはじめた。あたしの説では、人には二タイプある。スピーチコンテストに出るタイプと出ないタイプだ。ライリーは出ないタイプだろう。

その女子がライリーを引っぱっていってしまうと、あたしはここにきた理由を思い出した。エラ・クインも同じだったみたいだ。エラ・クインは話を聞かれていないかまわりを見て確認すると、座席に深く身を沈《しず》めた。

いつの間にか、あたしはエラ・クインに共感しはじめていた。あのエラ・クインに！　あたしみたいな超特大《ちょうとくだい》の秘密を隠《かく》していないとしても、あきらかになにか隠《かく》してる。それに、あたしにスピーチのテーマを教えてくれたし。

「あのね、ヘイゼル――」

「あたしもなんだ」

あたしたちは同時にしゃべりはじめ、気まずくてクスッと笑った。

「ごめん、なんのこと？」エラ・クインがきいた。

あたしは深く息を吸いこんだ。「タイラーから聞いたんだ、昨日、打ち明けられたって。その……女子が好きだってこと」

さらに、あたしのことが好きなんでしょ、とまでは言いたくなかった。だって、もしかしたらそんなのうそで、タイラーがあたしたちのことをからかおうとしただけかもしれないし。自分のことはなかなかだって思ってるけど、だからといって、どこかのだれかがあたしのことを好きだなんて、とうてい信じられない。ましてや、それが女の子だなんて。相手が自分のことを好きだと思ってたら、それがただのうそだとかジョークだったたって判明するとか、そんな嫌《いや》なことない。

「うそでしょ」エラ・クインは両手で顔を隠《かく》した。「信じらんない。ヘイゼル、ほんとごめん」

顔から一気に血の気が引いて、めまいがした。頭がくらくらする。ここにいる全員があたしたちの前にすわって見物してたとしても、もうわからないくらい。

「そっか、じゃあ、自分がレズビアンだって言ったら面白いかもとか、思ったってこと？」あたしは言った。とりあえず怒《おこ》るのが一番楽だったから。「笑えると思ったんだ？　本当のレズビアンなんていないし、って？」

「そうじゃない！」エラ・クインが涙《なみだ》ぐむのを見て、ますます怒《いか》りに火がつく。なんであんたが悲しんでんのよ！　泣きたいのはこっちだ。実際、うちに帰ったらすぐに泣く。うち。そうだ。あたしはスマホを取り出し、お父さんにメッセージを送った。**迎《むか》えにきて。五分で。**

「ほんとにごめんなさい。タイラーが、わたしが言ったことをヘイゼルに言うなんて思いもしなかったから。わたしはただ……タイラーを止めたかったの」

「止めたいってなにを？」あたしは天井を仰《あお》いだ。もちろん、エラ・クインは、タイラーのところへいってあたしのことが好きだって言ったらあたしがどうなるか、なんて考えてもいない。もちろん、エラ・クインが考えてるのは自分のことだけなんだから。

「あのね……」エラ・クインの声が小さくなった。「だれにも話さないって約束してくれる？」

　思わず声をあげて笑った。ヒステリーを起こすって、こういうことを言うんだろうか？

「もちろん。あたしは秘密を守るのが得意なんだから」

「タイラーなんだけど……」エラ・クインは顔を真っ赤にした。そして、こっちへ寄って顔を下に向けたので、思わず同じようにする。「しつこくいろいろ言ってくるの。最初は、わたしのことをまだ好きでよりをもどしたいのかと思ったんだけど、それから、どう反応したらいいのかわからないようなことをあれこれ言ってくるようになって、だから、そういうのはやめてほしいって言ったの。それが夏ごろのことで、でも今じゃ、こっちがなにを言っても、当然自分は好きにしゃべりかけていいって思ってるみたいで、感謝祭のころにまた誘《さそ》われたの。断ったんだけど、ますますしつこくなって。それどころか……とにかくわたし、なんとかしてタイラーを追い払《はら》いたくて。それで、わたしは女の子のことが好きだって言ったの。でも、タイラーが信じないから、好きな人がいるって言ったら、だれだってきいてくるから、ヘイゼルがタイラーとよくしゃべってるなんて知らなくて、ヘイゼルの名前を挙げちゃったの。本当にごめんなさい」

　今度はあたしが真っ赤になった。エラ・クインは言わなかったけど、あたしの名前を挙げたのは、だれもそのことをあたしに言ったりしないって思ったからに決まってる。タイラーはあたしのことなんて眼中にないに決まってるから、エラ・クインが言ったことが伝わるわけないって。あたしなら、名前を挙げたところで心配する必要はないって。

「タイラーになにされるか、本気で怖《こわ》かったの。そうじゃなきゃ、あんなこと言わなかった」エラ・クインは言った。

ここまで怒《いか》りを感じたことはなかったと思う。硬《かた》いブルーの座席にすわって、氷の上できゃあきゃあ言ってる子たちの声を聞いていたら、耳鳴りがしはじめた。エラ・クインもタイラーも、あたしのことなんてお見通しだと思ってる連中も、もうたくさんだった。

「じゃ、タイラーに新しいターゲットを与《あた》えれば、自分は楽になるって思ったんだ？　そういうことだよね？　次のターゲットにも感情があるなんてこと、どうでもいいんだ？」

エラ・クインはなにか言おうとしたけど、あたしは遮《さえぎ》った。二年生になって今日が一番しゃべってるかも。

「とにかく、あたしはタイラーと話してるし、だから、そっちがひどい彼女《かのじょ》だったってことも知ってる。いつもめそめそして、タイラーが友だちとつるむのをやめさせようとしたこととか、フラれたときに大泣きしたこととか。タイラーはただ正直になんでも言っただけなのに、タイラーのほうがひどいやつだなんて、あたしに信じられると思う？　そっちはそんなふうにあたしのことをハメたのに！」

着信音が鳴った。スマホを見ると、視界がぼやけ、何度もまばたきして泣くまいとする。お父さんからのメッセージだった。**五分で**。

自分がこんなに怒《おこ》ってるのは、恥《は》ずかしいせいもあるってわかってた。エラ・クインにあたしの性的指向の話なんてするんじゃなかった。エラ・クインには関係ないし、そもそもこの一年間、信用できないって聞かされつづけた相手のことを、どうして信用できるだなんて思ったんだろう。

エラ・クインは今や泣いていた。ちょっと良心が痛んだけど、無視する。今、エラ・クインが言ったことがぜんぶ本当だったとしても（ありえないけど）、あたしには怒《おこ》る権利がある。

エラ・クインに対して腹を立てる権利がある。

競技場の階段を跳《と》ぶように駆《か》けおりると、なるべく目立たないように身を縮めて、お父さんが迎《むか》えにくるのを待った。帰りの車の中では、お父さんもわたしも一言も口をきかなかった。

第八章

うちの親はそんなにお酒は飲まないけど、飲んできたときはすぐわかる。必ず金曜日の夜だし、必ずお母さんが超《ちょう》大きな声で笑うせいで眠《ねむ》れないし、次の朝、必ず二人とも異常なほど静かだからだ。二人とも、朝ごはんのときに頭痛薬を二錠《じょう》飲んで、「今日は図書館にいくことにしないか？」とか「今朝は、ショッピングモールはすごい人ごみだからやめておいたほうがよくない？」などと言ってくる。

まあ、言いたいのは、二日酔《ふつかよ》いっていうのがどんなものか、知ってるってこと。で、今、どんな気分かもわかった気がする。

あたしもお酒を飲んだとか、そういうことじゃない。ただ、昨日の夜はうちに着いたとたん、二階へ駆《か》けあがって、自分の部屋のドアをバタンと閉めたら、ローワンが起きて、大泣きしはじめた。お母さんは慌《あわ》ててローワンの部屋へいって、お父さんもお母さんを手伝いにいって、そのあいだ、あたしはベッドから大きなブルーのふとんを下ろして体に巻きつけると、クローゼットの中にもぐりこんで、やっとすわれるくらいのその場所で、泣いて泣いて泣きつづけた。

人生最悪の瞬間《しゅんかん》だった。

ローワンを寝《ね》かしつけると、お父さんとお母さんは部屋に入ってきて話そうとしたけど、あたしは涙《なみだ》を止めることができずに、ますます二人をおろおろさせてしまった。けっきょく、お父さんとお母さんはまたアイスクリームを買ってきて、なにか大変なことになってるわけでなければその気になったときになにがあったか話してくれればいいからと言った。そのせいで、あたしはますます泣きじゃくった。だって、もしうちの親がとっくに知ってたら？　変わり者の娘《むすめ》がジョークの種になってるって？　知らないふりをして調子を合わせてるだけだったら？

ようやく泣き止《や》んだときには、真夜中を過ぎていた。だから、次の朝、目は開かないし、顔はパンパンに腫《は》れて、めちゃくちゃくたびれてて、学校へいく車の中ではうつらうつらしていた。お母さんはパートの仕事に復帰していたので、お母さんに送ってもらう日と、バスでいく日があるんだけど、今日はどっちがマシかわからなかった。

「二日酔《ふつかよ》いってこんな感じ？」お母さんにきいてみた。

お母さんは一瞬《いっしゅん》、ギクッとしたけど、パーカーを着たイカれた腕人形《マペット》みたいな娘《むすめ》を見ると、笑いだした。お母さんは笑うと、目のまわりに小じわができるんだけど、そうするとぐっと知性的になって、一目置くべき人物って感じになる。

「本気できいてる？　まあ、そうかもね。ずいぶん遅《おそ》くまで起きてたものね。そうね、ちょっと……脱水症状《だっすいしょうじょう》気味？」

泣きすぎて、体じゅうの水分が抜《ぬ》けたみたいに見えるを感じよく言いかえると、そうなるんだろう。

「じゃあ、今日は学校にいかなくていい？」あたしは期待をこめてきいたけど、現実、お母さんは仕事にいかなきゃいけないし、車はもう乗降ゾーンに入っていたから、言っても意味がないのはわかってた。

お母さんは返事をするまえに一瞬《いっしゅん》、考えた。保護者の車で登校する生徒が降りる〈乗降ゾーン〉にあまり長く停車してると、ジェニファー・パテルのお父さんたちのうち一人が、クラクションをブーブー鳴らしはじめるのは、お母さんも知ってる。ジェニファーのお父さんたちは二人とも、乗降ゾーンのことを超《ちょう》まじめに捉《とら》えているのだ。

「今夜は外食しない？　お母さんと二人で。男性陣《だんせいじん》には留守番してもらうことにして、お母さんになにがあったのか話してみたら。じゃなきゃ、バカみたいなデザートを食べきれないほど買うっていうのでもいいわよ」

　悪くないかも。

「わかった」あたしは言って、クラクションが鳴りだすぎりぎりまえに車から飛び降りた。

　正面入り口の前でライリーが待っていた。ライリーを見たとたん、昨日に引きもどされる。もうさんざん泣いたと思ってたのに、エラ・クインの親友の姿を見ると、気持ちがざわざわした。なにがあったか、ぜんぶ聞いて知ってるに決まってる。

「話せる？」ライリーがきいた。

「今は無理。昨日は楽しいとは言えなかったし。もう聞いてると思うけど」

「エラが言ったことは本当だよ」ライリーは追いかけてきて、スマホを振《ふ》りかざした。新しいやつで、ライリーの手よりも大きくて、金色だ。あたしのはお母さんの古いスマホで、ものすごいごついケースがついてたから、ポケットにも入らない。ライリーのスマホはまだケースもついてないので、落として割れるところが浮《う》かんで思わず顔がひきつった。

「へえ、ありがとう。偏《かたよ》らない情報源からの情報だもんねー」

「いいから、これ見てよ！」

　ライリーがこんな大声を出すのを聞いたのは、たぶん初めてだ。ライリーはある意味あたしとちょっと似ていた。ちがうのは、母親がエラ・クインのお母さんと仲良しで、そのおかげで、友だちがいないほうが楽ってことにしないですむし、エラ・クインだからこそできるような心躍《こころおど》る冒険《ぼうけん》をいっしょにできるってこと。ライリーはおとなしいけど、友だちがほしくないタイプだとは思われない。そこがあたしとちがう。それって、ライリーがミドルスクールで好かれる秘密の方法を知ってるから？　それとも、エラ・クインがライリーにちょっかいを出さないようにみんなに言ってるとか？

どっちにしろ、ライリーとあたしは似てるから、ライリーがこんなふうに怒《おこ》ってるときは、こっちもちゃんと話を聞いたほうがいいのはわかった。あたしはライリーのスマホを受け取った。

〈アイ・ワンダー〉のアカウントページが開いていた。アカウントを作ると、匿名《とくめい》で質問がくるアプリだ。ちょっとした暇《ひま》つぶしみたいなもので、〈今日、着ていたシャツはどこで買ったの？〉とか〈今一番ハマってるテレビ番組はなに？〉みたいな質問をする。

でも、匿名《とくめい》だし、ここはミドルスクールだし、どんなことになるかは想像つくと思う。

「これ、エラのアカウント」ライリーは横にきて、いっしょに画面をのぞきこんだ。そこには、エラ・クインが答えてない質問が並んでいた。

〈ヤリマンってどんな感じ？〉

〈昨日みたいな短パンを履《は》くのは、デカい尻《しり》を自慢《じまん》するため？〉

これだけじゃない。まだまだつづいてる。しかも、どんどんひどくなってる。乱暴なのもあれば、下品なのもあれば、脅《おど》しみたいのまである。学校で「ネットの危険性」についで聞かされるときに例に挙がるような、本当にそんなメッセージを送ってる人がいるわけないじゃん、って思うようなやつだ。それくらい悪趣味《あくしゅみ》で、悪質で、妙《みょう》に具体的で。あたしがエラ・クインなら、二度と学校にいけなくなりそう。あたしだったら、自分の服をぜんぶ投げ捨てて、森へ逃《に》げこんで、魔女《まじょ》になる。メッセージを読んで、女子って世の中でこんなふうに思われる対象なんだって思うだけで、消えてなくなりたくなる。

「夏からずっとつづいてる。エラはすっかり怖《こわ》がってる。本気で怯《おび》えてるの」

あたしだって、そうなるだろう。

「だけど、それがタイラーからだって証拠《しょうこ》はないよね？　つまり、メッセージはひどいけど、タイラーが送ったんじゃないかもよ？　エラ・クインのアカウントはだれでも見つけられるんだから。だよね？」

ライリーはちょっと動揺《どうよう》したけど、しぶしぶうなずいた。

「だから、だれにも言えないの。証拠《しょうこ》がないから」

じゃ、しょうがないね！　残念！って言って立ち去ろうとしたとき、それが目に入った。最初にきた質問の、一番下の行。

〈おまえに我慢《がまん》できる彼氏《かれし》なんていねえよ。みんな、体目当てなんだよ。そんだけブサイクじゃや、非可能だよな〉

非可能。

あたしは、タイラー・ハリスのことならなんでも知ってる。ディズニー映画で泣くことも、初恋《はつこい》の相手が母親の大学時代の写真に写ってた親友だってことも。そして、どんなに気をつけても、「不可能」を「非可能」と書いてしまうことも、知っていた。

第九章

午前中ずっと、タイラーのことばかり見ていた。

タイラーのほうはあたしのことを見なかった。なぜなら、もう秘密をあたしに話すことはないし、あたしにしてもらいたいことややらせたいことはなにもないからだ。それがタイラーっていう人間なんだ、とあたしは気づいた。他人は、自分が必要なときに存在するだけ。タイラーの秘密を聞いてあげるとか、タイラーに数学を教えるとか、タイラーが（ネットで嫌《いや》がらせしてる）女子の悪口を言うのを、ただバカみたいにうなずいて聞くとか。

そのことを考えるだけでムカついて、床《ゆか》を踏《ふ》む足に力が入って穴が開きそうだった。

各自スピーチを考えるようにとA先生に言われたけど、あたしは初めてスピーチのことはどうでもよくなった。スピーチに新しいアイデアを加えようとか、頭の中で練習しようとか、コンテストがどんな感じになるのか考えたりとか、どうでもいい。そういったことがすべて、別の世界のことのように思える。昨日の出来事が何か月も前のことみたいだ。タイラーがやってることと、どうやったらそれを止められるかってことしか、考えられない。ランチのベルが鳴ったときは、ろくに前を見ていなかったせいで、ドアの横の柱にぶつかってしまった。

オークリッジ校のランチタイムは変わってる。休み時間はないけど、食べおわりさえすれば好きに外へ出ることができる。でも、上級生たちは、天気のいい日はこっそりランチを外へ持っていって中庭で食べるから、カフェテリアへいくと、どう考えたっておかしいっていうくらい空《す》いていた。ランチを食べるのはあとまわしにして、あたしはタイラーの居場所を見つけたくて外へいった。

どうしてタイラーの居場所を見つけたいのかは、自分でもわからなかった。まるでタイラーがライオンで、あたしはハンターみたい。タイラーはいつだって、おれはここにいる！って感じで、一番声が大きくて、一番おしゃべりで、一番おもしろい。一番声が大きくて、一番おしゃべりで、一番おもしろくなかったら、タイラーってどうするんだろう。タイラー自身、わかってないと思う。

「話があるんだけど」タイラーの姿を見るなり、あたしは言った。

でも、自分がたった今口にしたセリフを自覚したとたん、自信が揺《ゆ》らいだ。これまで一度も、タイラー・ハリスが思いっきりタイラー・ハリスしてるとき、つまり、きらきらしてて、騒々《そうぞう》しくて、みんなの中心にいるときに、のこのこ出向いていったことはない。タイラーを囲んでる女子の一人が、あたしを見て、片方の眉《まゆ》をクイッとあげた。まるでタイラーが盗《ぬす》まれるとでも言いたげに。でも、おかしいのはそっちだ。だって、あたしはその女子の名前も知らないし、タイラーがその子に興味を持ってるなら、とっくにあの子はイケてるとかなんとか、少なくとも一時間は聞かされてたはずだから。タイラーの親友のケイデンがおかしな目で見てきて、ひるむまいとするけど、それはむずかしくて、っていうのも、ケイデンはもう身長が百八十センチ近くあって、このあいだも代理教員が先生とまちがえたくらいなのだ。去年は、ケイデンはおとり捜査官《そうさかん》だっていううわさも流れたけど、それはうそだってほうに一票。

「なんでだよ?」タイラーはあたしと話すなんてありえないって感じでクスッと笑った。周りにいた子たちも何人か、いっしょになって笑う。

一瞬《いっしゅん》、声が出なくなった。みんながあたしを見てる。なぜか今、あたしはここにいて、どう考えたってどうかしてるとしか思えないことを言おうとしてる。本当なら、百パーセントまちがいないって確信してから言うべきことなのに、実際は、えっと、九十八パーセントくらいしか確信してない。

でも、それから、自分は人前で話すときに緊張《きんちょう》するようなタイプじゃないことを思い出した。スピーチをするときはいつも、まったく別人になれる。こわいものなんてなにもなくて、ぴんと背筋をのばして、みんなが知らなかったようなことを話せる人間に。あたしには、言いたいことを人に聞かせる力がある。

あとはただ、いつもとちょっと変えればいいだけだ。スピーチのときよりちょっとクールなあたしになれば。

あたしは高らかに言った。「タイラーがいいなら、みんなの前で言ってあげるよ！　だけど、たぶん嫌《いや》なんじゃないかな」

一瞬《いっしゅん》、タイラーの顔に怒《いか》りが浮《う》かんだ。その顔は、〈アイ・ワンダー〉でエラ・クインに胸のことで（しかも、「胸」じゃない言葉を使って）下品なことを言ってくる人間に見えた。確信度が九十九パーセントまであがる。

でも、その怒《いか》りはまたすぐに、すうーっと消えた。

「わかったよ」タイラーは言った。みんなはまだ、最高のジョークだってみたいに笑ってる。タイラーが空き時間になにをしてるか、知ってる子はどのくらいいるんだろう？　ほかの子にもメッセージを見せてるのだろうか？　その子たちもタイラーといっしょになって笑ってるとか？　それとも、あたしみたいにビビってる？　ケイデンが口を閉じてることができないのは、みんな知ってる（だから、改めて考えると、おとり捜査官《そうさかん》だなんてありえない）。ケイデンがタイラーにやめろよって言えば、少しは変わる？

タイラーはあたしの腕《うで》をつかんで引っぱっていこうとしたけど、あたしは振《ふ》り払《はら》い、先に立って校庭の隅《すみ》に生えている木のほうへ歩いていった。

「ここって、みんながイチャイチャしにくるところだって知ってるだろ？　今ごろ、うわさになってるぞ。もしかしてそれが目的？」タイラーはにやにやしながら言った。

「うるさい。一秒の半分でいいから黙《だま》ってられないの？　一度でいいから、そっちばっかり話すんじゃなくて、あたしにも話させなさいよ」

どこからこんなセリフが出てきたのかわからなかったけど、言ったら、気持ちよかった。

タイラーは片方の眉《まゆ》をあげ、それからおおげさにお辞儀《じぎ》してみせた。

「どうぞ、奥《おく》さま、ご用件をお話しください。そうすりゃ、さっさと済ませられるからな」

「エラ・クインにメッセージを送ってるでしょ？」

タイラーは顔をあげようとした途中《とちゅう》で凍《こお》りついた。

「送ってねえよ。メッセージってなんだよ？」

うそだ。

「エラ・クインの〈アイ・ワンダー〉に送られてきた最悪最低の脅迫《きょうはく》めいたメッセージよ。あんたでしょ、ミスター非可能？」

タイラーも、しっぽを摑《つか》まれたとわかったらしい。となれば、あれはまちがいだとか、誤解だとか、確かに送ったけど、後悔《こうかい》してるから、エラ・クインと仲直りできるよう取り持ってほしいとか、そんなことを言ってくるだろう。って思ったけど、実際は、フンと鼻を鳴らしただけだった。

「それがおれの名刺《めいし》代わりってことか。バットマンの悪役みたいだな。で、おまえは、そんな細かいことをいちいち覚えてるヤバいやつってことか」

「悪いと思ってるふりすらしないつもり？」あたしはあぜんとした。

「どうして悪いと思わなきゃいけないんだよ？　エラ・クインみたいな女子は、そういうことをされたくてしょうがないんだよ。注目されたいんだ。だから、注目してやっただけさ。それで、めそめそして、被害者《ひがいしゃ》ぶって、ますますみんなに好かれるってわけだ。だから、実際、あいつのためにやってるって言ってもいいくらいだ」

「エラ・クインのためにやってる？」あたしの裏返った声が響《ひび》きわたり、近くの木からリスが一匹《ぴき》、転がるように逃《に》げていった。「なんのためになるっていうのよ？　まさか本気で、エラ・クインが楽しんでるって思ってるんじゃないでしょうね」

「おれのことを好きなふりをして、映画館でキスだってしたくせに、いきなりなんの理由もなくフるような女だとしたら、ああそうだよ、エラ・クインは楽しんでるさ。あいつの服装、見てみろよ。男の気を引くのが好きじゃなきゃ、あんなかっこうするわけないだろ」

返す言葉が浮《う》かばない。

「保健の授業で見せられた動画に出てくるヤツとおんなじこと言ってる！　今の自分がどれだけ最低のバカか、わかってる？」あたしはさけんだ。

タイラーはまた笑った。フフンというういやらしい笑い声に、思わずぎゅっと両手を握《にぎ》りしめる。

「あんたがこんなひどいやつだって、どうして気づかなかったんだろう？　どうして今まであたしにはああいうひどいことはしなかったの？」

「どうしてだって？」タイラーの顔に、あたしと同じくらい困惑《こんわく》した表情が浮《う》かんだ。

そして、あたしは理由を悟《さと》った。もちろん、あたしがエラ・クインみたいにかわいくないからだ。エラ・クインみたいに胸がないから。タイラーのジョークに笑ったり、持ちあげてやったりしないから。要は、あたしなんて眼中にないのだ。なのに、どうしてそんな子の気を引く必要がある？　どうしてそういう意味で好かれようとする必要がある？

タイラーにとっては、自分の役に立つか、眺《なが》めて楽しいような相手じゃなきゃ、存在しないも同然なのだ。だから、あたしはもう、いてもいなくても同じなのだ。

「エラ・クインのことはほっといて」

「なんでだよ？　付き合ってるとか？」

「付き合ってる」と言ったときのタイラーの唇《くちびる》がめくれあがったのを見て、これ以上耐《た》えられないって思った。タイラーがその言葉を口にするのが、捻《ね》じ曲げて、いやらしくて恥《は》ずかしいものにしてしまうのが、我慢《がまん》できなかったのだ。本当はいやらしくも恥《は》ずかしくもないのに。タイラーがなんでも許されてしまうことが許せない。先生たちににっこり笑って見せて、運動会で賞をもらうからって、そんなの許せない。

そのあとのことは、スローモーションみたいだった。名前のつけられない感情がこみあげてきて、あたしは前へ出て、タイラーの両肩《りょうかた》をぐいと押《お》した。タイラーはふいを突《つ》かれてよろめき、水たまりに尻《しり》もちをついた。

タイラーは女子に突《つ》き飛ばされたなんて、ぜったいに言わない。しかも、その女子があたしだなんて。そういうわけで、タイラーはもちろん、あたしもなにも言えずにただぼうぜんと相手を見つめた。

そのとき、ホイッスルの音が聞こえた。

校庭のむこうからピッツ先生が大股《おおまた》でやってきた。まっすぐあたしに向かってくる。それを見て、背筋に冷たいものが走った。タイラーがにやにやして、あたしを見上げた。

オークリッジ校では、身体的いじめに対しては「毅然《きぜん》とした対応」を取ることになっている。

不良になるってこういう気持ち？　これって、負の連鎖《れんさ》ってやつの始まり？

「今、わたしが見たと思っているものが、本当であるはずはないな」ピッツ先生は言った。ピッツ先生は生徒を見下ろすように立つくせがあり、背の高さで威嚇《いかく》してくるんだけど、ほかの大人はそれに気づいてないみたいだった。

「転んだんです」タイラーはすかさず言った。

タイラーがあたしをかばおうとしたことにびっくりしたけど、それから、タイラーはものすごい目でこっちをにらみつけてきた。**黙《だま》ってろ**ってことらしい。

とうぜんだ、タイラーが本当のことを言うわけない。友だちのいない根暗《ねくら》のヘイゼルに突《つ》き飛ばされて、泥《どろ》の中に尻《しり》もちをついたなんて、みんなに知られたいはずがない。

「ヘイゼルがぼくの肩《かた》に手を置いたからびっくりしちゃって。うしろにさがろうとしたひょうしにつまずいたんです」

「じゃあ、きみはなぜタイラーの肩《かた》に手をかけたんだ?」ピッツ先生があたしにきいた。

クソ、タイラー。

この木陰《こかげ》で男子と女子がなにをしてるかは、三人とも知っている。そういうときの、替《か》え歌があるくらいだ。**ヘイゼルとタイラー、木の陰《かげ》でこそこそ。**

「あたしたち……おにごっこをしてたんです」あまり説得力はないけど、まだましだ。

「はしゃぎすぎちゃって、タイラーに追いついたとき、つい両手でタッチしちゃったんだと思います」

ピッツ先生は明らかに信じてなかったけど、そもそも生徒の言うことなんて、相手がだれだろうとなにひとつ信じちゃいなかった。生徒なんてものは常にうそをついて、面倒《めんどう》を起こす存在だと考えてるタイプの教師なのだ。

「本当です」タイラーが言った。「本当に大丈夫《だいじょうぶ》です」

「うちの学校のいじめへの対応はよく知ってるな?」ピッツ先生はあたしに向かって言った。

その対応とかいうのが本当なら、あなたもここで教えてないでしょうが。心の中でつぶやく。

「別にいじめられてません。転んだだけです」タイラーはなおも言った。

「だとしても、もっと気をつけてもらわねばならん。きみは昼休みに自習室へいかせてやるから、おにごっこの戦略についてじっくり考え直すんだな。どうだね、お嬢《じょう》さん？」

そんなの不公平だし、ピッツが権力をひけらかそうとしてるのも、わかってた。少なくとも表面的には、あたしはなにも悪くないってことになってるのに。それでもあたしは怖《こわ》かった。タイラーに食ってかかったときの力をもう一度、奮い起こせばいいんだろうけど、それとこれとはちがった。タイラーはウザいだけだけど、ピッツ先生は先生なのだ。したいと思えば、なんの理由もなくたって、昼休みにあたしを自習させることもできる。どうしたら、そんなふうにふるまっていいって思うようになるんだろう？

ピッツ先生に連れていかれるあたしに向かって、タイラーが口だけ動かして「恩を忘れるなよ」と言った。それを見て、わかった。タイラー・ハリスみたいなやつが将来、ピッツ先生みたいな大人になるんだって。

第一〇章

これまで自習室送りになったことはない。

自習室送りにするほど、そもそもあたしに関心のある先生なんていないからだと思う。タイラーがあたしに話しかけてきたときも、先生はにらんでやめさせるだけで、なにか言ってくることはなかったし、とうぜんそんなことで自習室送りになったことはなかった。たいていの先生は頭の中に、良い生徒と悪い生徒のリストを持っていて、一方からもう一方へ移るのはほぼ不可能だ。小学校のころは、先生はそれぞれ「堪忍袋《かんにんぶくろ》」を持ってて、ふだんから質問に答えたり、廊下《ろうか》ですれちがうたびに愛想笑いをしたり、先生のジョークが面白くなくても笑ったりして堪忍袋《かんにんぶくろ》の容量を増やしておくと、その分、見逃《みのが》してもらえることも多くなるってふうに考えてた。それぞれの先生の袋《ふくろ》の容量をどうすれば、どのくらいまで増やせるかを押《お》さえておけばいい。ただし、ゴマすりはなし。

例えば去年、ノーブル先生はあたしが授業中に本を読んでいても、叱《しか》らなかった。なぜなら、それでもあたしは、先生の地理の質問に答えられたし、クラスの半分は、やってはいけないことになっているポケモンゲームの賭《か》けをしていて、そっちのほうが摘発《てきはつ》しがいがあったからだ。だから、賭《か》けをしてる子たちよりいい子にしていれば、それでなにも言われずにすんだ。

ピッツ先生は、親たちが「厳しいけど、公平よね」って言うタイプの教師だった。ただし、生徒たちのほうは、「超意地悪《ちょういじわる》で、椅子《いす》を投げたとか、ありえないし」って言ってる。いつもウィンドブレーカーにミラーのサングラスという姿で、校庭を巡回《じゅんかい》してる。もしあたしに友だちがいたら、ホイッスルを片手に生徒たちの生活を一瞬《いっしゅん》で台無しにしようとしてるピッツを「ショッピングモールの警備員みたい」って笑ったと思う。

新学期の初日に、少なくとも三人が、ピッツ先生が担任だと知って泣いてるのを見た。ピッツ先生はもう百万年は先生をしてるから、今さらいなくなるはずもないのに。うちのクラスの担任だったら、あたしはどうしてただろう。そうじゃなくてもピッツに体育を教わることがあるのに、それ以上はもう絶対に無理。

ピッツの「堪忍袋《かんにんぶくろ》」の容量はないも同然だから、そもそもどうしてタイラーが地面に尻《しり》もちをつくはめになったのかなんて、気にしなかった。興味があるのは、だれがやったかってことだけだ。先生は、生徒なんてみんな邪悪《じゃあく》な生き物で、三十歳《さい》くらいにならなきゃ信用できないって考えてるんだろう。で、あたしは自習室送りになったってこと。

本当ならもっと腹を立ててもよかったはずだ。案の定タイラーはまたまんまと罪を逃《のが》れたのに、あたしはピッツ先生と充実《じゅうじつ》した時間を過ごすことになったんだから。でも、実際は、どうでもよかった。暴力は解決にはならないとかなんとか、そういうのは耳にたこができるほど聞いてるけど、正直、あたしが本気だってわかったときのタイラーの顔は最高だった。あたしの話もちゃんと聞けって言ってやれたのだ。

タイラーはとっくにいなくなっていた。取り巻きの子たちのところに逃《に》げもどって、どうせこのあとは一日じゅうずっと、あたしがどんなにヤバいやつかって話をしつづけるんだろう。だけど、それも、本当に気にならなかった。だって、タイラーはこのあと一日じゅうずっと、おしりに大きな茶色いシミのついたジーンズで過ごさなきゃならないんだから。とはいえ、ピッツ先生のほうはまだ目の前にいて、シャツのポケットから薄《うす》い四角の紙をピッと取り出した。

「ここにご両親のサインをもらってくるように」先生はあたしのほうを見もせずに、用紙の枠《わく》にいくつかチェックをつけ、もったいぶったしぐさでサインした。「明日の昼、自習室の教師に渡《わた》しなさい」

教師はピッツ先生の第一志望の職業じゃなかったんじゃ？　って思ったけど、警察学校を退学になったんですかってきいて、自分が退学になる危険を冒《おか》す気はなかった。

「ありがとうございます」紙を受け取ろうと手を伸《の》ばすと、先生がさっと手を引っこめた。ピッツは紙を高く掲《かか》げ、にんまりと笑ってから、紙を渡《わた》した。ピッツが教室を出ていったあと、ピッツも水たまりに突《つ》き飛ばしてやれたらいいのに！　と思わずにはいられなかった。この世には、汚《よご》れたジーンズで一日過ごす必要のある人間がいるのだ。

学校が終わると、お母さんが迎《むか》えにきて、そのまま町のこぢんまりしたレストランに連れていってくれた。ローワンが生まれる前はよくいっていたお店だ（そういえば、最近、〈ローワン誕生以前〉のことについてよく考える）。まだ四時をまわったばかりだけど、お母さんが、二人だけのジョークって感じで「早夕は三文の徳ね」って言うから、さんざんな日だったけど、笑ってしまった。ほかにきているお客さんはみんな八十歳《さい》くらいって感

じで、隙《すき》あらば「あら、孫みたいだねえ」とか言ってほっぺたをつねってきそうだったので、あたしはお年寄りを誘惑《ゆうわく》しないようにうつむいた。

席に着くと、お母さんに「今日はどうだった？」ときく間を与《あた》えずに言った。「あたし、昼休み自習になっちゃった」

お母さんの両眉《りょうまゆ》が跳《は》ねあがった。あたしと同じで、前代未聞の事態にどう対処すべきかわからないんだと思う。どうする？　外出禁止とか？　やだー、たいへん。お友だちと遊べなくなっちゃうー。いないけど。

「なにがあったか、話したい？」お母さんはきいた。

あたしは考えてみた。あたしがほかの人のために戦おうとしたって聞いたら、喜んでくれると思う。行動を起こさなきゃいけないって思ったから、起こしたんだって言えば。でも、実際にあたしがやったことを知ったら、まあよかったわ！とはならないかも。それに、そもそもの状況《じょうきょう》を信じてくれるかどうかもわからない。あたし自身、最初は疑ってたわけだし。お母さんはタイラーに会ったこともない。なのに、タイラーがひどいやつだなんて信じるかな？　学校の大人はだれひとり、そのことに気づいてない。おまけに、親っていうのは、子どもにはぜったい把握《はあく》できないネットワークを持ってる。ときどき、お母さんが知ってるわけないって子の名前を口にすると、**まあ、その子のお母さん、大学のルーム**

メートだったのよ！　とか言い出すときがある。もしお母さんがタイラーのお母さんと友だちだったら？　お母さんが子育て本から仕入れた、超恥《ちょうは》ずかしいことをさせられるかもしれない。タイラーに手紙を書きましょう、とか、一日いっしょにボランティアをして、お互《たが》いのちがいを認め合うのよ、とか（お母さんたちの子育て本をこっそり読んでおくと、とても役に立つ。なんでも先回りできるほうがいい）。

「同じクラスの男子が友だちにひどいことをしたから、やめろって言ったんだ」けっきょくあたしはそう言った。

　そう、思わず「友だち」と言ってしまった。あたしとエラ・クインが友だちだなんて、本当に、これっぽっちも、思ってないのに。昨日はこれまでで一番長くエラ・クインと話したけど、二人ともが泣いて終わるはめになった。ところが、お母さんはそれを聞いたとたん、ぱっと顔を明るくした。実際になにがあったか、あたしが超《ちょう》ぼかしてることも、もはや気にならないみたいだ。あたしが魔法《まほう》の言葉を口にしたから。**と・も・だ・ち**。

「立派よ！　とても立派なことだと、お母さんは思う。やめろって言ったあとしたことは、よくなかったと思ってるのよね？」

　正直、思ってなかったけど、お母さんがききたい答えはわかってたし、もうこの話をやめるには、その答えを言うしかないのもわかってた。親にも、「堪忍袋《かんにんぶくろ》」は存在するのだ。

「もちろん」

お母さんはおもむろにうなずいた。そして、言葉を選びながらたずねた。「学校のことで、話しておかなきゃいけないことはある？」

ほんとはあるけど。

「今回のことは、あたしだけでなんとかやってみてもいい？　またなにかあれば、お母さんにもちゃんと言うよ。だけど今は、大丈夫《だいじょうぶ》」

お母さんがためらっているので、もう一押《ひとお》しした。「もう自習室送りにはならないようにするから。約束する。だけど、これにサインしてもらわなきゃならないんだ」

あたしはお母さんに用紙を渡《わた》した（ちゃんとふつうに渡《わた》した。あたしは相手をだましたりしないんです、ピッツ先生）。お母さんは長いあいだ、用紙を見つめていた。

それから、ようやくゆっくりとうなずいた。「これで最後にしてね。もう一度、こういうことになったら、お父さんとお母さんも出ていかざるを得ないから。だけど、今回は信用しましょう。あなたならきっと、解決できるって信じてる」そして、お母さんは用紙にサインをすると、あたしに渡《わた》した。

あたしもできると信じていた。自分でもちょっと意外だった。カッとなって嫌《いや》な同級生を突《つ》き飛ばしたおかげで、目的が見つかるなんて。でも、今はまさにそう感じていた。

お母さんとあたしは食べきれないほどのデザートを注文した。残ったぶんは家に持ち帰って、ソファーでいっしょに平らげた。

第十一章

自習は思ったほど、嫌《いや》じゃなかった。理由は三つ。

1. 昼休みに自習室にいくと、てっきりピッツ先生が待ち構えていて、もしかしたら一晩で悪人ひげとか生やしちゃって、いかにも悪人がすわってそうな回転いすで毛のない猫《ねこ》を膝《ひざ》にのせて、「これから一時間黒板消しを叩《たた》け」とか言うんじゃないかって思ってたんだけど（ま、ほんとのこと言うと、「自習」についてはテレビから得た知識がほとんどで、「黒板消しを叩《たた》く」って意味も実はよくわかってない。そもそもうちの学校は電子黒板だし）、実際はA先生が教卓《きょうたく》にすわって、編み物をしてた。編み物をしてる人にふつう脅威《きょうい》は感じない（編針を持ってるのがピッツ先生だったら、話は別だけど）。

2. 教室にはほかにだれもいなくて、それもほっとした。っていうのも、もう一つ浮《う》かんだシナリオが、反ビーガン的な動物の革のジャケットを着た子たちといっしょに自習させられるはめになって、同調圧力に屈《くっ》してドラッグに手を出し、不良グループと付き合うようになって、しまいには銀行強盗《ごうとう》、っていうのももちろんドラッグを買う金ほしさで、地元のニュース番組でインタビューされたうちの親が、むかしからあたしはどこかおかしかったって答える、っていうのだったから（こっちのシナリオは、例の保健の授業で見せられた、薬物の危険性を訴《うった》えるビデオが影響《えいきょう》してると思う）。

3. A先生はあたしの顔を見るとにっこりして、あたしがためらいがちに教室の真ん中の机にすわると、学校に関係するものならなんでもいいので静かに取り組むようにって言って、まあ、あなたにとってはそれじゃ罰《ばつ》にならないでしょうけどって感じの笑みを浮《う》かべた。それから、先生はまた編み物をはじめた。帽子《ぼうし》みたいだけど、超《ちょう》短めの短パンの可能性もある。時が経って判明するのを待つしかなさそう。

昨日、タイラーがあたしを見たときの目が頭を離《はな》れないけど（あたしなんかいてもいなくても同じで、時間を割く価値もないし、それを言うなら、だれにとってもそうって感じの目）、今度こそ、だれにも邪魔《じゃま》されずに作業に取り組める時間を活用しないとならない。タイラーがあたしの一日をぶちこわそうとすることもないし、エラ・クインを見かけて、恥《は》ずかしい事件のことを思い出すこともないんだから、今こそ、スピーチを練りあげるチャンスだ。

コンテストの一回戦まであと三週間を切ってるから、エラ・クインはもうスピーチをうしろからでも前からでも、眠《ねむ》ってても言えるようになってるかもしれない。一回戦は体育館で、全校生徒の前で行われるんだけど、そこでエラ・クインに勝てば、新年にある地域大会に進める。地域大会では、出場者にドーナッツがただで配られるらしい。大規模な大会なのだ。

話すつもりだった謎《なぞ》には、クールさが足りない。「決め手」になる要素なら、もう突《つ》き止めていた。ちょっとばかしビ、ビ、ビ、ビらせるのが大事なのだ。子どもは怖《こわ》い話が好きだ。それを考慮《こうりょ》に入れて、取りあげる謎《なぞ》を最終決定した。ブラック・ダリア事件は入れたままにして、切り裂《さ》きジャックとメアリー・セレスト号事件を新たに加える。メアリー・セレスト号っていうのは、乗組員を一人も乗せずに海を漂《ただよ》っているのを発見された船のこと。スピーチは三分以上だけど、五分より長くてもだめなので、導入とエンディングを入れても三つの謎《なぞ》ぜんぶについて話せるし、なおかつ、話が脱線《だっせん》することもない（脱線《だっせん》じゃ、船じゃなくて電車じゃんって、自分にツッコミを入れて笑っちゃったんだけど、A先生がこっちを見て、首をかしげたので、慌《あわ》ててまた下を向いた)。

今、ここでは声は出せないけど、コンテストでは紙を読まずに暗記しているとボーナスポイントがもらえるので、ノートを取り出して、記憶《きおく》をたよりに書き出してみることにした。結果、メモを見ずに切り裂《さ》きジャックの半分くらいまで書くことができた。去年は、十秒と持たずにキーワードを書いたカードを見ていたから、すわったまま軽く胸を張る。エラ・クインの毒についてのスピーチがいくらクールでも、今回はあたしが勝てる。

でも、エラ・クインのことを思い出したとたん、また背中がまるまった。エラ・クインに謝らなければならないのはわかってた。それもすぐに。エラ・クインがタイラーについて言ったことを信じなかったんだから。あのときのエラ・クインの怯《おび》えた顔が忘れられない。あたしが信じなかったせいで、すっかり動揺《どうよう》してた。それから、ライリーに言ったことを思い出して、顔が真っ赤になった。見た目のせいで年上の男子があれこれ言ってくることを、エラ・クインはちょっと大げさに言ってるんじゃないか、みたいなことを言っちゃったんだから。

昨日、タイラーに、保健のビデオに出てくるヤツみたいなことをしてるって言ったけど、あたしだって大して変わらない。正直、タイラーがエラ・クインのことはもちろん、ほかのことについても本当のことを話してるって思ってたなんて、なんてバカだったんだろう。あいつは一日おきにエラ・クインのことを好きになったり憎《にく》んだりしてるっていうのに、正直に話そうなんて思うわけない。

ノートの新しいページを開いて、謝るときのポイントを書きだすことにした。友だちがいないのは、ふだんはすごくいい。なぜなら、けんかすることがないし、ということはつまり、謝ることもないんだから。謝罪力がちょっとさびついてるかもしれないから、前もって準備しておくに越《こ》したことはないだろう。

＊エラ・クインが性的嫌がらせ《セクシャルハラスメント》をされて怖《こわ》いと話したときに、信じるべきだったこと

（「性的嫌がらせ《セクシャルハラスメント》」ってところはものすごく小さな字で書いた。ささやき声みたいな感じで。そんなわけないんだけど、書いてることがバレて、A先生がいきなりなにか行動を起こすんじゃないかって気がして）。

＊タイラーに、あたしのことが好きだとうそをついたのはよくないと思うけど、そのときはまだ、あたしが本当に女の子が好きだってことは知らなかったわけだし、だとすると、そこまでひどいことをしたわけではない。エラ・クインにわかるかぎりでは、あたしはただのタイラーの眼中にない女子で、その話があたしの耳に入ることもないって思ったわけだから。実際、少なくとも、眼中にないってほうは合ってたわけだし。

＊本当のことがわかった時点で、あたしはエラ・クインをかばおうとしたこと。
＊たぶんライリーにも謝ったほうがいい。
「ヘイゼル」A先生にいきなり呼ばれたので、飛びあがった。一瞬《いっしゅん》、自分がどこにいるか思い出せなくなる。なにかに没頭《ぼっとう》していて、ほかのことが目に入らなくなってるとき、たまにそうなる。

「ごめんなさい」思わず反射的に謝った。

「なんのこと？　もちろん、そもそもここにくることになった理由のことならわかるけど、それ以外になにかあるのかしら」

あたしが自習室送りになった理由をA先生が知ってるかどうかよくわからないけど、知ってると考えるのがふつうだろう。事件自体のことはそんなに後悔《こうかい》してないとしても、つい顔がゆがむ。

タイラーのことが頭に浮《う》かんだとたん思わずペンを真っ二つにしたい衝動《しょうどう》に駆《か》られたけど、そんなことをしたら、さすがのA先生もいくつか質問せざるを得なくなるだろう（それに、今日は白いTシャツを着てるから、悲惨《ひさん》なことになる）。今日の午前中、タイラーは学校にきていなかった。A先生がタイラーの名前を呼ぶと、ケイデンが教室の一番前の席から振《ふ》り返って、あたしをじっと見た。どういう意味かはよくわからなかった。怒《おこ》ってるようには見えなかったけど、さしあたりあたしのことが大好きってわけじゃないのはわかる。親友の掟《おきて》とかそういうくだらないルールに忠実に振《ふ》る舞《ま》ってるとか、そういうのだろう。

「自分でもよくわかりません」あたしは答えた。

「自分がどうして謝ってるかわからないなら、謝っちゃだめよ。ごめんなさいを言うときは、よく考えてから言わないと。そうじゃないと、謝る意味がなくなるでしょう？　そうしたら、どうなると思う？」

これって、歴史のテスト？　それとも、人生の重要な教訓を教えようとしてる？　A先生はたまに両方いっぺんにしようとするときがある。みんなに伝わってるかは微妙《びみょう》だけど。

「確かにそうですね」曖昧《あいまい》に答えると、A先生は満足したみたいで、うなずいた。

「あと二十分、ここにいてもらうことになってるの。だけど、ここだけの話、昼休みをぜんぶ取りあげるなんてバカバカしいじゃない？　ちょっとだけ早く解放してあげるわ。ピッツ先生に見つかったら、わたしが責任を取るから」

A先生はウィンクした。というか、少なくともウィンクしようとしたんだと思う。両目とも閉じてたけど、片方の目がもう片方よりもほんのちょっとだけ、ぎゅっと閉じてたから。実はあたしもウィンクはできないから、先生の努力をありがたく受け取った。

「ありがとうございます！」急いで荷物をまとめる。今日はタイラーが欠席だから、うれしさ倍増だ。邪魔《じゃま》をしてくるやつはいないんだから。

「お友だちによろしくって伝えといてね」A先生は言った。あたしはピタッと手を止めた。

あたしに友だちがいないことは秘密でもなんでもない。親の面接では、毎回言われてることのひとつだ。**ヘイゼルは優秀《ゆうしゅう》な生徒で、クラスのみんなの助けになっています……が、友だちとの関わりという点では、まだ少し殻《から》に閉じこもっているようですね！**

意地悪で言ったとか？　からかってる？

あたしは眉《まゆ》をよせた。A先生はどういうつもりで言ったんだろう？　でも、ドアを開けて廊下《ろうか》に出ると、正面のロッカーにエラ・クインとライリーが寄りかかっていた。二人はあたしを見ると、にっこり笑った。

気がつくと、笑い返していた。

第十二章

「早く解放してくれたんだ！」エラ・クインはあたしを見ると、まるでこんなことはふつうって感じで言った。あたしがしょっちゅう自習室送りになってて、エラ・クインとライリーはいつも終わるのを待ってる、って感じで。「A先生っていいよね。ヘイゼルはA先生が担任でラッキーよ。あの鬼《おに》ジジイじゃなくって」

エラ・クインは歩きはじめた。エラ・クインは、みんながついてくるのには慣れっこって感じで歩く。実際、ライリーとあたしはそのあとを追った。

「ごめんね」あたしは唐突《とうとつ》に言った。そしたら、まったく同時にエラ・クインも「ごめんね」って言って、それから、笑いだした。あたしの顔にも笑みみたいなものが浮《う》かぶ。

「わたしが先に言うね」エラ・クインは言った。「昨日はあんなことになって、本当に悪いと思ってる。それに、一昨日もあんなこと言ってごめん。それから、タイラーにしょっちゅうわたしの悪口を聞かされてたんだよね。それもごめん。あと、あんなふうにヘイゼルの名前を出したのは、まちがってた。そもそものせいで、タイラーがヘイゼルまで引っぱりこむことになって、申し訳なく思ってる。ヘイゼルにどんな影響《えいきょう》があるか、考えるべきだった」

さっきA先生が言ってたことが、今、わかった気がした。心からごめんなさいを言ってるかどうかは、わかる。そして、エラ・クインのごめんなさいには、心がたくさんこもっていた。

「いいよ」心からそう思った。「あたしも、癇癪《かんしゃく》起こしたりしてごめん。スケート場で話してくれたこと、すぐに信じるべきだった。特にタイラーのことに関しては」

タイラーの名前を出したとたん、エラ・クインとライリーは息を合わせたみたいにフンと鼻を鳴らした。

「ついでにわたしもごめん。昨日タイラーが尻《しり》もちついたのを見逃《みのが》すなんて」ライリーが言ったので、ふいをつかれて、人前で出したことないかもってくらい大きな声で笑ってしまった。

あたしの笑い声は超《ちょう》大きいんだけど、聞いたことがあるのは、うちの親（と、ローワン？）だけだ。だから、ロバの鳴き声みたいだってことは、今の今まで、気にしたことはなかった。

エラ・クインとライリーも笑ったけど、意地悪な笑いではなかった。タイラーが転んだことで笑ってるんだ、って思ったら、自分も仲間だってことに指の先がうずくような感覚がした。

「ピッツ先生が昨日、あたしのこと、『お嬢《じょう》さん』って言ったんだよ。どっかのフィニッシングスクールかって感じ」

「エラにフィニッシングスクールの話題、振《ふ》らないで。フィニッシングスクールにいくのが、エラの最大の夢なんだから」ライリーが言う。

「ちがうってば！」と、エラ・クイン。「むかしの本をたくさん読んでるから、そういう本だと、みんなフィニッシングスクールにいってるんだもん。めちゃくちゃ豪華《ごうか》な場所で、しょっちゅう舞踏会《ぶとうかい》があってね、お金持ちの男が言うのよ、結婚《けっこん》しましょう、って。そうするとお父さんはお金に目がくらんじゃって、だから、どうしたって逃《に》げなきゃならなくて、冒険《ぼうけん》することになるわけ。海賊船《かいぞくせん》に乗ったりとか、太古の悪魔《あくま》とかそういう存在の助けを借りるとか。わたしが興味があるのは、最初と最後のところで、真ん中はどうでもいいの」

あたしたちはまた笑ったけど、あたしはちょっときまり悪かった。っていうのも、エラ・クインがそんなに本を読んでるとは思ってなかったのだ。タイラーがエラ・クインのことをバカだって言ってたから信じちゃったんだと思う。でも、よく考えたら、おかしい。だって、あたしは自分のことバカだと思ってないし、そのあたしにエラ・クインはスピーチコンテストで勝ったんだから。

「ランチはもう食べた？」エラ・クインがきいた。

あたしは首を横に振《ふ》った。「めっちゃつまんないサンドイッチを持ってきたことは持ってきたんだけど、すぐに自習室にいかなきゃいけなかったから」

「ランチを食べる時間も与《あた》えないって、ありえなくない？　そもそもそれって違法《いほう》じゃないわけ？」ライリーが言う。

エラ・クインが鼻を鳴らした。

「体育で吐《は》くまで走らせるような人たちが、ヘイゼルがサンドイッチを食べたかどうかなんて気にするわけないよ」

ライリーはかんべん！って顔をして見せたけど、ほかの女子がエラ・クインに対してする表情とはちがってた。そういう顔をするときって、相手が声高に主張したり、いつも正論を堂々と口にするからウザいとか、じゃなきゃ、かんちがいってわからせるためだけど、ライリーのはそうじゃなくて、笑ってるのに近くて、いつものの内輪のジョークって感じだった。そしてあたしは初めて、自分もその輪に入ってるんだって思った。

「どこで食べてもいいよ」

なんでこんなことを言ったんだろう？　ランチはカフェテリアでとることになってる。外にランチを持って出れば、叱《しか》られるか、その場で自習室送りになるのは確実なのに。上級生（とか、下級生でも、タイラーみたいにクールぶりたい子とか）はよく、こっそりコートのポケットにランチを隠《かく》して、木の下とかで食べたり、〈フルーツロールアップ〉[＊1]を、センザンコウの闇取引《やみとりひき》[＊2]かって感じで回しあったりしていた。

　エラ・クインはあたしを見て、クスッと笑った。

「了解《りょうかい》、ボニー・パーカー。でも、自習室から出てきたばかりだからね、これ以上暴走するまえに止めるのが友だちとしての義務って気がする」

1. ボニー・パーカーってだれ？[＊3]

＊1　シート状になったフルーツフレーバーのキャンディ
＊2　センザンコウは絶滅危惧種《ぜつめつきぐしゅ》だが、食用などで取引されている
＊3　1930年代の銀行強盗《ごうとう》。恋人《こいびと》のクライドと犯罪を繰《く》り返した

2.「友だちとしての義務」？

「友だち？」とかききかえして、微妙《びみょう》な感じになるのは避《さ》けたい。そしたら、エラ・クインも「うん、友だち」みたいに返すことになって、屈辱《くつじょく》的にダサいハッピーエンドを迎《むか》えることになる。だって、①せめてそれより少しはクールにいきたい②それにそこまでハッピーエンドにならない。なぜなら、タイラー・ハリスはまだエラ・クインに嫌《いや》がらせをしてるし、あたしもこのままおとなしく、あいつにとってのその他大勢になるつもりはないから。

エラ・クインは先頭に立ってカフェテリアに入っていった。この時間には、ほとんど人はいない。みんな、猛烈《もうれつ》な勢いでランチをかきこんで、いい場所がぜんぶ取られるまえに外へ出ていくからだ（学校には一万人はいるんじゃないかってくらい生徒がいるのに、外にはベンチが四つしかないって、意味不明すぎる）。何人かぽつぽつと残ってるだけだ。本をどっさり抱《かか》えて窓側の席にすわり、どの高校にいって、そのあとどの大学にいくかってことを話してる超意識《ちょういしき》の高い子たちか、テーブルの黄ばんだビニールカバーに頬《ほお》を押《お》しつけて寝《ね》てる超意識《ちょういしき》の低い子たちか、どっちかだった。本当に寒い季節になってくると、三つ目のカテゴリーができる。指を凍傷《とうしょう》でなくしたくない子たちだ。このカテゴリーの子は、雪が降れば降るほど増えていって、テーブルで勉強するふりをするようになる。

今のカフェテリアは、いい感じだった。静かで、フライドポテトのにおいはするけどオエッってなるほどじゃないし、もう太陽も真上にはないので、長くて細い窓から陽が差しこんで、すべてがどこか夢心地に輝《かがや》いているように見える。

「みんながいなくなったあと、ここにくるのが好きなんだ」あたしの心を読んだように、エラ・クインは言った。「だれも干渉《かんしょう》しないし、魚のフライのことで悲鳴をあげる子もいないしね」

あたしは鼻を鳴らした。このあいだ、実際に魚のフライのことで悲鳴をあげて騒《さわ》いだ子がいたのだ。

「わたしたちがヘイゼルにくっついて回ってること、気にしてないよね？」エラ・クインが言った。

ライリーは赤くなって、エラ・クインを肘《ひじ》でつついた。「別にくっついて回ってるわけじゃないよ」

「ちょっとそうかも？　なーんてね。気にしてないけど」ってあたしが言うと、今度はエラ・クインがライリーを肘《ひじ》でつついた。

「確認しておきたかっただけ。ヘイゼルとは親友同士とかそういうんじゃないのはわかってるけど、こんなことに巻きこんじゃって、ほんとに悪いと思ってるの。おまけに、元をただせば、わたしのせいで叱《しか》られることになっちゃったわけだし」

「元をただせばっていうか、全面的にエラのせいだし」ライリーが茶々を入れる。

これまでライリーのことはエラ・クインの親友ってほかは、特に知らなかったけど、ライリーのこと好きかもって思った。ライリーってエラ・クインのあとについて回って、エラ・クインを怒《おこ》らせないように、なにを言われても従ってる、みたいに思ってたんだけど、実際はそんな子じゃない。二人の関係はそんなんじゃない。二人みたいな関係、いいなって思った。

「週末はなにか予定ある？」エラ・クインがきいてきた。あたしはちょうどサンドイッチを一口ほおばったところだった。ローワンが生まれてから、あたしのランチはどんどんさえなくなってる。

これって、なんだかすごく大人がきく質問って感じがした。「ええ、妻と直売マーケットへ新鮮《しんせん》な野菜を買いにいく予定なんですよ。土曜の夜にうちでディナーパーティがあるものでね」みたいな答えを期待してるみたいな。実際は、わざわざ言うほどの予定もなかったけど、だからといって、あたしはなんの予定もないことをグダグダ嘆《なげ》いて自分をあわれんだりするタイプじゃない。今週末は、スピーチの推敲《すいこう》をして、テレビを見まくる予定で、それで百パーセント満足していた。

でも、そういったことをぜんぶ説明する代わりに、こう答えた。「たいした予定はないけど」

エラ・クインはふいにちょっと照れたような顔になって、テーブルの汚《よご》れを指でこすり、もぞもぞ体を動かした。

「えっと、あのね、明日の夜ライリーが泊《と》まりにくるから、ヘイゼルがもしよければ、いっしょにどうかなって思ったの。でも、無理しないでね！　また別のときに計画すればいいから。もちろん、ヘイゼルが今回のことをもうぜんぶ忘れたいっていうなら、なしにすればいいわけだし」

緊張《きんちょう》してるエラ・クインを見るのは、かなり、めちゃめちゃ、変な気分だった。

「たぶんいけると思う」あたしは答えた。

第十三章

金曜日の夜、夕食のときに、これからエラ・クインのうちに泊《と》まりにいってもいいかときいたとたん、うちの親は狂乱《きょうらん》状態に陥《おちい》った。エラ・クインに誘《さそ》われたのは木曜だったから、木曜にきいてもよかったんだけど、うちの親の場合は不意打ちを食らわすほうがいいこともあるのを、あたしは学んでる。もし木曜に言ってたら、金曜日は朝から一日じゅう、超興奮《ちょうこうふん》してるのを隠《かく》そうとするお母さんに付き合う羽目になったはずだ。

「もちろんいいわよ！」お母さんは言った。今にも顔がまっぷたつに割れるんじゃないかって感じ。笑わないようにしてるのは、興奮してるのがバレるし、あたしがひくからだろうけど、どっちにしろ笑わずにいられないらしい。あたしはうつむいて、テーブルを見つめた。傷やへこみや油性ペンの跡《あと》だらけで、っていうのも、うちの親がしょっちゅう話して聞かせるとおり、「このテーブルは結婚《けっこん》して最初に買ったものなのよ」だからだけど、あたしには傷やへこみや油性ペンの跡《あと》以上のことは想像できないし、したくもない。

「あたしのこと、友だちがいない根暗《ねくら》だって思ってたなら、どうして今まで何も言わなかったわけ？」テーブルに向かって言うと、髪《かみ》が落ちてきて顔が半分隠《かく》れた。でも、そのままにする。

「友だちのいない根暗《ねくら》だなんて思ってないわよ！」お母さんが言った。

っていうより、さけんだ。

「そんなふうに思ったことはないぞ」お父さんも言う。「よかったなと思って喜んでるだけだ！　お父さんに、今も連絡《れんらく》を取ってるミドルスクール時代の友だちがたくさんいるのは知ってるだろう。おまえは今、自分っていう人間を理解しつつあるときなんだ！　いやあ、すばらしい！　今は、気の合う仲間と出会う時期なんだよ。お父さんはおまえにそれを逃《のが》してほしくないと思ってるだけなんだ」

お父さんが例の、過去の栄光の日々に思いをはせる表情を浮《う》かべたので、娘《むすめ》に発破をかけるという元の目的に話をもどすのは自分しかないことに、お母さんは気づいた。

「お母さんたちは、あなたのことを根暗《ねくら》なんて思ったことないわよ！　もしあなたが毎日部屋に閉じこもって、食事のときとたまにシャワーを浴びるときしか出てこなかったとしても、それはあなたが決めることだもの。でも、そうなったら、お母さんたちはさみしいでしょうね。それに、部屋も臭《にお》うようになるかもしれないし。だけど、それはあなたが決めていいことなのよ！」

十点中七点。発破をかけようとしてるわりには、爆発力に欠ける。全体的に迫力《はくりょく》不足っていうか。でも、努力は認めるし、お母さんたちがあたしのことを本気で根暗《ねくら》だと思ってるとは、あたしだって思ってない。

まさにそのタイミングで、キッチンテーブルに置いてある赤ちゃんモニターからローワンの泣き声が聞こえてきた。モニターには小さなスクリーンもついていて、ローワンのようすが見られるんだけど、暗視モードだとローワンって悪魔《あくま》みたい。目が光って映るせいだけど、それって、ある意味マッチしてる。だって、まるでなにかに取り憑《つ》かれたみたいに泣きさけんでる。いつかこんなふうに泣かない年齢《ねんれい》になる日がくるんだろうかって、たまに思う。

「もちろん、泊《と》まりにいってていいからね」お母さんはそう言い残すと、二階に駆《か》けあがっていったので、あたしとお父さんが残された。

「エラ・クインっていうのは、このあいだの夜、スケートへいったときの子だね？」お父さんが言った。

「ううん。うちの学年には女子が四十人いるんだけど、そのうち三十九人がエラ・クインっていうんだ。ヤバいでしょ」

「この日がくると言われてたんだ」お父さんはため息をついた。「かわいらしい赤ん坊《ぼう》が生まれたときに、『まあ、見てろって。いつかこの子もティーンエイジャーになって、辛《しん》らつなことを言ったりするようになるんだ』ってね。お父さんは言ったよ、『いいや、うちの子にかぎってそんなことはない。ヘイゼルにかぎってね』と。だが、どうだ！　とうとうこの日がきてしまった！」

あたしは片方の眉《まゆ》をクイッとあげた。

「終わった？」

お父さんはコホンと咳払《せきばら》いした。「終わったよ」

あたしはクスッと笑った。「で、そうだよ、スケートへいった子と同じ」

「またお父さんがスタンバイしておいたほうがいいかな？」

あたしはちょっと考えたけど、すぐに結論は出た。「ううん、必要ないと思う。スケート場でもめたのは、ちょっとした誤解って感じ？　あたしが思ってたよりもずっといろんな事情があったんだ。だから、あの日みたいなことは今日は起こらないと思う」

お父さんがうなずいたので、あたしはもうほとんど残っていなかった夕食を食べはじめたけど、またすぐにお父さんが言った。

「荷造りを手伝おうか？」

「ううん、いい」

「きっと楽しいぞ！」

「そう？」

「まあ、お父さんは女子のお泊《と》まり会にいったことはないが――」

「だろうね」

「だが、お父さんがいろいろ聞いたところでは、ファッションショーみたいらしいぞ。ほら、お父さんはもちろん、たいへんにおしゃれだからな」

お父さんは犬のキャラクターのついたTシャツを着ていたけど、脇《わき》のところに大きな穴があいてて、そこからお腹が見えた。

あたしは準備をしに二階へいった。そのあいだじゅうずっと、どうかファッションショーの要素はありませんようにと祈《いの》っていた。

エラ・クインの家は、バスから眺《なが》めるだけでも大きいのに、至近距離《しきんきょり》から見ると、バカみたいに大きかった。

門から家までの私道を車で走るだけでも、ものすごい時間がかかる。真っ暗な草っぱらのあいだを縫《ぬ》うように抜《ぬ》けていく。あんまり暗いので、なにかいるんじゃないかって、つい想像してしまう。思わずブルッと震《ふる》えて、どこかの時点でこのムズムズするような不安が収まりますようにと願った。親には根暗《ねくら》だと思われてないかもしれないけど、怖《こわ》くて泊《と》まれなかったなんてことになれば、自分で自分が許せない。

お泊《と》まり会は小学校以来だったけど、当時のお泊《と》まり会で最悪なのはホームシックになって帰ることだった。あと、十時すぎまで起きてると、お泊《と》まりしてるうちの両親に寝《ね》なさいってどなられることとか。小学生のころのお泊《と》まりはたいてい、誕生会か、自分の親が出かけるときにだれかの家へ預けられるかの、どっちかだった。でも、ミドルスクールでは、話はぜんぜんちがう。月曜日は必ず、なにかしら新しい事件や問題やけんかが勃《ぼっ》発《ぱっ》してる。たいていは金曜の夜のお泊《と》まり会が発端《ほったん》で、めちゃ夜おそくにメッセージのやり取りしたり、朝の三時に誘《さそ》いのメッセージを送っておいて、半分寝《ね》ながら打ったふりをしたり、じゃなきゃ、友情が終わるような超《ちょう》大げんかをしたりするせい。それってぜんぶ、夜、ちゃんと寝《ね》てれば、解決する問題なんじゃないの？　自分がそういう諸活動に参加する心の準備ができてるとは思えない。

ようやく玄関《げんかん》の前までたどり着くと、エラ・クインのお母さんが出てきた。茶色のレギンズとすごくやわらかそうな白いセーターを着てる。髪《かみ》はブロンドで頭のてっぺんにまとめ、おくれ毛が顔にかからないようにやわらかい生地のヘッドバンドで押《お》さえていた。このあたりのどのお母さんたちよりも若く見える。っていっても、あたしがよそのお母さんやお父さんを見るのは、朝、車で子どもを送ってきたときくらいで、みんな一刻も早く車を出そうとしてピリピリしてるけど。エラ・クインのお母さんは、本当は有名になれるはずなのに、そういうのは自分に向いていないからって引退して、ますますファンに好かれる、みたいな人に見えた。

「やっとお目にかかれて、とってもうれしいわ！」エラ・クインのお母さんはそう言って、あたしの肩《かた》に手を置いた。そして、うちのお父さんと、〈はじめまして。ちゃんとした親御《ご》さんのようですね、よかったよかった〉的な、大人たちが子どもの頭越《あたまご》しにする会話をはじめたところで、エラ・クインが二階から下りてきた。

エラ・クインはふだんは髪《かみ》を編みこみにしている（特別なことがある日は、編みこみが二本になる）けど、今日は下ろしていた。スケートにいった夜よりもさらにカールしていて、くしゃくしゃっとした感じで顔にかかってる。ふだん、あたしは大人たちみたいな「まあ、お母さんと瓜二《うりふた》つね！」に対する執着《しゅうちゃく》はないんだけど、今、心の中で思わず「うわ！　お母さんと瓜二《うりふた》つ」とさけんでいた。

「ママはそこまで！」エラ・クインは、母親がまたあたしに話しかけるまえに言った。二階にいくとき、最後に一瞬《いっしゅん》、振《ふ》り返ると、お父さんが口だけ動かして「ファッションショー」と言ったのがわかったので、しかめっ面を返したけど、エラ・クインに腕《うで》をつかまれて引っぱられながら、けっきょく笑ってしまった。

エラ・クインの部屋は、思ってたのとぜんぜんちがった。別にそんなに考えてたわけじゃないけど、ここにくる車の中で想像してたのは、ものすごく広くて、天井が高くて、四柱式ベッドがあるような部屋だった。もしかしたら壁《かべ》にはエラ・クインのポスターサイズの写真とか、ラインストーンでつづられたネームプレートがあったりして。でも実際は、壁《かべ》はライトグリーンで、ベッドカバーは清潔感のある白だった。壁《かべ》にはコルクボードがかかっていて、ライブのチケットとか、エラ・クインとライリーが変顔《へんがお》をしてる写真が貼《は》ってある。真ん中のカレンダーは先月のページのままになっていた。電気ヒーターがあって、部屋全体がほかほかしてる。

　自分が居心地の悪い場所を想像してたことに気づいた。でも、実際は反対だった。

「ライリーもすぐくるから」ドアを閉めて二人になると、エラ・クインは言った。「ヘイゼルがきてから一時間後にくるようにって言っといたから」

「へえ」あたしは言った。どう反応すればいいのかよくわからなかったのだ。

「だって、もともと仲のいい友だちの中に一人で入っていくのって、なんとなく気まずいでしょ？　ヘイゼルに部外者とかそんなふうに感じてほしくなかったから」

　エラ・クインのうちは、ミドルスクールが始まるまえの夏休みに都会から引《ひ》っ越《こ》してきた。エラ・クインもあたしもほとんど友だちのいない状態でオークリッジ校に入ったわけだけど、エラ・クインにはライリーがいたし、なんの苦労もなく友だちを作っているように見えた。だから、これまでエラ・クインがどんな気持ちだったかなんて、ちゃんと考えたことはなかった。引《ひ》っ越《こ》してきて友だちができるかどうか心配してるそぶりはぜんぜんなくて、ふつうに引《ひ》っ越《こ》してきて、ふつうに友だちを作ったように見えていた。

「ありがとう」あたしはちょっともぞもぞした。そして、二人ともしんとなった。

もしこのままずっとこんな感じなら、早く帰る小学生になりそう。なんなら、自分からファッションショーを提案しそうで怖《こわ》い。

そのとき、廊下《ろうか》からエラ・クインのお母さんが顔を出した。「ヘイゼル、もう夕食はすませた？」

「ママ！　どうしてわざわざベルをつけたと思ってるの？」エラ・クインが言う。

「あなたとライリーが超《ちょう》極秘案件について話してるところへ、ママがいきなり入っていかないようにでしょ。でも、あなたとヘイゼルの場合もベルを鳴らすとは約束してないわよ」

そう言われて、確かにドアの反対側から細い白いワイヤーがのびているのに気づいた。これって天才的アイデアかも。あたしの部屋にもほしい。

「契約《けいやく》をもう一度結び直す必要があるね」とエラ・クイン。

「食事はしてきました」あたしは言った。エラ・クインとお母さんのやりとりがいつまでもつづきそうだったからだ。

「わたしはまだ。ヘイゼル、ちゃんと食事を作ってくれるお母さんがいるってどんな？」

エラ・クインの口調が真剣《しんけん》だったので、一瞬《いっしゅん》、たじろいでしまった。そしたら、次の瞬《しゅん》間《かん》、エラ・クインとお母さんは笑いだした。

「あらあら、ひどい目に合ってるのねえ。かわいそうに、どんなにおそろしい扱《あつか》いを受けてるか、だれもわかってくれないのね」お母さんが言う。

エラ・クインはドサッとベッドに倒《たお》れこむと、手で顔を隠《かく》した。

「わたしの人生は問題だらけ」

「でしょうね」お母さんは言った。「でも、ちょうど今、特大サイズのピザをオーダーしたから、少しはましになるかもよ」

エラ・クインは指のあいだから顔をのぞかせた。「まあ、ないよりはいいかもね」

第十四章

あとになって考えれば、夕食を食べたうえにさらにピザを二枚食べるのは、大まちがいだった。

ライリーはちょうどピザと同時に着いた。エラ・クインのお母さんが部屋で食べてもいいわよと言ったので、あたしたちは、世界一健全な映画のワンシーンみたいにピザの箱を囲んで床《ゆか》にすわった。それはいいけど、油断大敵。ファッションショーの可能性はどんどん増してる。

「問題は、これまでだれもあいつにノーって言ったことがないことよ」エラ・クインは言った。

あたしたちはタイラーの話をしてた。タイラーの話をするに決まってる。エラ・クインが最初、タイラーの話をするのをやめよう、今夜は楽しく過ごすために集まっただけで、タイラー・ハリスのことなんて考えたくない、って言ったのが始まりだったんだけど、女子同士で楽しく過ごすには、女子にひどいことをした男子の話をするのがなにより手っとり早いってことがわかった。ひどいことをした男子ならいくらでもいるからだ。女子のお泊《と》まり会では男子の話しかしないっていうジョークは知ってるけど、これはそれじゃなさそう。

「タイラーのお母さんは、なんていうか、超過保護《ちょうかほご》なの」エラ・クインはつづけた。「息子は人生で一度だってまちがったことをしてないって思ってるんだから。一度いっしょに映画にいったときなんて、わたしたちの一列うしろにすわってずっと、ピアスを開けるなんてダメだ、タイラーはきちんとした身だしなみのいい女の子が好きだからって言いつづけたのよ。その息子が、暇《ひま》さえあればきちんとした身だしなみのいい女の子たちに嫌《いや》がらせをしてるなんて、一ミリも思わないんだから」

「タイラーは、母親のこと過干渉《かかんしょう》だって言ってた」反射的に言った。

エラ・クインとライリーがじっと見たので、自分がタイラー・ハリス専門家だってことを思い出した。

「タイラーはお母さんのことが大好きなんだよ」本人がはっきりそう言ったわけじゃないけど、そんなの、見てればわかる。「お母さんのことはあんまり悪口は言わないもん。でも、完璧《かんぺき》な息子だと思われてることはウザがってる」

二人ともまだ、あたしを見つめてる。まるでもうひとつ頭が生えてきたみたいに。

「ヘイゼルってどのくらいタイラーとしゃべってるの？」エラ・クインがきいた。

今回は、うそをつく必要は感じなかった。タイラーとそんなしょっちゅう話してるわけじゃないとか、そんなたいしたことは話してないとか、取り繕《つくろ》わなくたっていい。タイラーがあたしのことなんてなんとも思ってないのはまちがいないし、だったら、こっちがタイラーに気を使う必要もない。それをはっきり悟《さと》ったら、門が開かれたような気持ちがした。

「うーん、しょっちゅうかも。タイラーは仲のいい友だちには自分の気持ちを話さないし、いつか好きになるかもしれない女子にも、そういう話はしない。なにを話してもだれにも話さないだろうって思えるのは、あたしだけなんだよ。ってことに、このあいだ気づいたんだ。タイラーがいろいろ話すのは、あたしが恋愛《れんあい》の対象になることは絶対ないって思ってるからだって。イケてると思う女子には、そんな話はしない。でも、あたしなら心配ない。だから、いろんな話をしてくるんだよ」

エラ・クインとライリーは顔を見合わせた。

「あ、でも、タイラーがああいうことをしてたっていうのは知らなかったよ」あたしは慌《あわ》てて付け加えた。タイラーがエラ・クインに下品なメッセージを送りつけたり嫌《いや》がらせをしたりしてたときに、あたしがいっしょになって笑ってたと思われたら困る。「タイラーは、話したいって思ったことはペラペラしゃべるけど、それで非難される可能性があるようなことはちゃんと黙《だま》ってるんだ。でも、ほら、女子が好きになったって話なら、万が一あたしがその本人にしゃべったとしても、タイラーにとっては問題ないわけでしょ。十人中九人の女子は、むしろ喜ぶだろうから」

「それって、スパイっぽい」ライリーが言った。

あたしは笑った。タイラー・ハリスの頭の中をよく知ってるからといって二人が腹を立てたりしないことに、自分でも驚《おどろ》くくらいほっとしていた。

「確かにスパイかも。偶然《ぐうぜん》そうなっただけの役に立たないスパイだけど」

するとライリーは言った。「じゃあ、もしかしてダンカン・ホワイトがめちゃ感じ悪かった理由も知ってたりして。科学の実験でペアを組んでたんだけど、ぜんぶわたしにやらせたんだよ」

「ああ、そのこと」思わず言ってしまった。なぜなら、本当にその件については知ってたから。

「うそでしょ」ライリーは笑った。「たった今、役に立たないスパイだって言ったくせに」

「ダンカンの態度がへんだったのは、むかし、ライリーを好きだったことがあったからだよ。それと、お母さんが転職してモンタナにいくかどうかで、ダンカンの両親がもめてるんだって。だけど、ダンカンって嫌《いや》なやつだから、それで同情する気にはなれないな。去年も、妹の面倒《めんどう》を見てなきゃいけなかったのに、妹はコンロのお湯をかぶっちゃって、結果的には大丈夫《だいじょうぶ》だったんだけど、ダンカンはぜんぜん悪いと思ってないって、タイラーが言ってたもん」

ライリーは目をぱちくりさせてあたしを見た。一瞬《いっしゅん》、怒《おこ》らせちゃったかもしれないって不安になった。人のこと、ペラペラしゃべりすぎだって。ダンカンのほうはあたしのことをよく知りもしないのに。それから次に、エラ・クインとライリーに、男子についてのバイブルみたいに思われたらどうしようって思いはじめた。男子がなにを考えてるか、きくのに便利なだけの存在だって。そこへもってきて次は、ただのバイブルとしか見なされなくても便利だと思われればまだましだって、自分が考えてることに気づいて、うすら寒くなった。

でも、次の瞬間《しゅんかん》、ライリーは体を折り曲げ、両手で顔を隠《かく》して笑いはじめた。

「わたしのことが好きだった？　だから、ダンカンの家にいって実験をするのでもいいよって言ったとき、あんな気まずそうだったんだ？　バッカみたい！」

あたしもバカみたいだと思ってたけど、ライリーもそう思うとは思ってなかった。顔がニヤニヤしてくる。

「信じらんない」エラ・クインも言った。「去年、ダンカンがしょっちゅうわたしとタイラーといっしょにつるみたがったのも、それが理由なんだ！　ほら、情報がほしかったのね」

「スパイ設定に肩入《かたい》れしすぎ」ライリーは言ったけど、まだ笑ってる。

「実際そうだったんだよ。タイラーはそれがウザいって、ダンカンとほぼほぼしゃべらなくなったくらいなんだから」

「ヘイゼルは〈アイ・ワンダー〉のアカウント持ってる？」エラ・クインがスマホから顔をあげてきいた。

あたしは首を横に振《ふ》った。「親がダメって言うから」でも、本当はそうじゃない。あたしが頼《たの》めば、たぶんお母さんたちはうんって言う。まあ、そもそもいったいなんのことだかさっぱりわからないと思うけど。ドラッグとかそういうんじゃないってことだけ納得させられれば、たぶんいいって言うだろう。でも、〈アイ・ワンダー〉なんてやっても、いいことはひとつもなさそうだって思ってた。アカウントを取ろうかなと思うたびに、だれもあたしについて知りたがらないかも、だれも質問を送ってこなかったらどうしよう、って思ってしまう。しかも、今では、質問がこないより嫌《いや》なこともあるのを知った。

「わたしはママに内緒《ないしょ》にしてたんだ」エラ・クインは言って、ほんとしょうもないよねって感じで天井を仰《あお》いだ。「ママにはわたしがこんなことを言ったなんて、言わないでね。でも、今ではママにきけばよかったかもってちょっと思ってる。それで、ダメって言われてたらなってて。けんかになっただろうけど、それはそれで諦《あきら》めがつくだろうし、こんなことにはならなかっただろうから」

するど、ライリーが言った。「ママにダメって言われたって、どっちにしろアカウントは作ってたよ。それは、エラもわかってるでしょ。タイラーがあんなメッセージを送ってきたのは、エラのせいじゃないし、エラが〈アイ・ワンダー〉のアカウントを持ってるからでもない。それじゃ、家に泥棒《どろぼう》に入られたのは家を持ってるせいだって言ってるのと同じだよ」

やっぱりライリーのこと、好きかも。ライリーは嫌《いや》なことを我慢《がまん》したりしないし、エラ・クインのことを本当に大切に思ってる。こんなふうに味方になってくれる人がいるって、なかなかないと思う。

「最悪なのは、自分が最初、タイラーのことをいいと思っちゃったこと」エラ・クインは言った。そして、ライリーがじろりと見ると、笑って、顔の前で両手を振《ふ》った。「これでタイラーのことを話すのは最後だから！　あーもう、わたしったらバカみたい」

「バカみたいなんて思うことないよ。本当なら、タイラーがそう思うべきなんだから」あたしは言った。

「それだけじゃ足りない！　ちゃんと罰《ばつ》を受けるべきだよ。だけど、タイラー・ハリスは、百五十キロ圏内《けんない》の大人たちから見れば、完璧《かんぺき》で、だからぜったいに罰《ばつ》は受けない。こんなこと言うのは嫌《いや》だけど、エラがこれ以上メッセージを受け取りたくないなら、〈アイ・ワンダー〉のアカウントを削除《さくじょ》するしかないと思うよ」ライリーが言った。

あたしたちは一瞬《いっしゅん》、しんとなった。不公平がこの世に存在することを知るのも嫌《いや》なのに、それを受け入れるなんてもっと嫌《いや》だ。

「そうだね」ようやくエラ・クインは言うと、スマホを手に取って、画面をスクロールしはじめた。あたしの頭の片隅《かたすみ》でなにかが引っかかった。手が届きそうだけど、届かない。

エラ・クインがアプリを削除《さくじょ》するボタンをタップすると、「本当に削除《さくじょ》しますか？　このアプリを削除《さくじょ》すると、アプリ上の質問や答えすべてが削除《さくじょ》されます」という警告が出た。

「待って！」あたしはエラ・クインがボタンをタップするまえに、スマホを叩《たた》き落とした。

「削除《さくじょ》したら、証拠《しょうこ》がなくなっちゃう。そしたら、なにもなかったことになる。そうなったら、タイラーは……」

あたしはそのまま黙《だま》った。でも、ライリーはそのつづきがわかってるみたいに唇《くちびる》を噛《か》んで言った。「そうなったら、タイラーは別の子に同じことをやるだけ」

あたしはうなずいた。

でも、それだけじゃない。口には出さなかったけど、あたしにはわかる。

あたしは記録をつけてるから、タイラー・ハリスが話したところによると、これまで二十七人の女子を好きになったことを知ってる。

つまり、タイラーはあたしたちの学年の女子の67・5パーセントにこれをしてるかもしれないのだ。

第十五章

学校が嫌《きら》いな子はいるけど、あたしはそうだったことは一度もない。学校ではいつも優等生だったんだから、いかない理由なんてない。でも、確かに嫌《きら》いだったことはないけど、これまではいくのが楽しみってほどじゃなかったかもって、気づきつつある。学校はただ通うところであって、嫌《いや》じゃないけど、日曜の夜に、明日学校にいけると思うとわくわくして眠《ねむ》れないなんてことはまったくなかったし、朝、車から飛び降りて、友だちのところへ走っていったり、夕食のときに学校であったことを逐一《ちくいち》親に話すようなタイプでもなかった。そう、今の今までは、学校はどこまでもただの学校で、それは空がどこまでもただの空っていうのと同じだったのだ。

月曜日の朝、お父さんに学校の前で降ろしてもらったとき、あたしは学校にきてわくわくしていた。

お父さんが学校に送ってくれることはそんなにないけど、お母さんが送る日でも、ローワンのせいでお母さんが一晩中眠《ねむ》れなかった今日みたいな日には、お父さんがすかさずバトンタッチした。いつもはあんまりうれしくない。っていうのも、お父さんは、例の乗降ゾーンでいつもトラブルになるからだ。お父さんは、父と娘《むすめ》の会話を最後までするほうが、「あの男の言いなりになって」急ぐよりも大切だって言う。あたしを送ってきたのがお父さんだとわかると、ジェニファー・ペタルのお父さんの頭から湯気があがるのが、うそじゃなく見えるような気がした。だから、お母さんはあまりお父さんに頼《たの》まないんだと思う。

でも今日は、シート越《ご》しにすばやくお父さんにハグして、大急ぎで車から飛び降りた。危うく荷物を忘れそうになって、もう一度振《ふ》り返ってリュックをつかむ。お父さんは車の窓を下ろすと、あたしのうしろ姿に向かってなにかさけんだけど、「ファッションショーがんばれよ！」って言ったセンが濃厚《のうこう》。

だけど、そんなに急いで走っていったのに、無駄《むだ》に終わった。ようやく校庭までいくと、みんなあっちこっち走り回って、友だちのところへいって週末の話でもりあがってた——けど、エラ・クインとライリーはいなかった。

ちょっとがっかりした。せっかく友だちができても、探したときにいないんじゃ、意味なくない？

ふだんは、校庭にあるベンチにすわってる。みんな、登校するとまず友だちといっしょになってあっちへいったりこっちへいったり忙《いそが》しいから、ベンチのことなんて頭になくて、ほとんどいつも空いてる。今日もあいかわらずベンチにはだれもすわってなくて、あいかわらずあたしも友だちがいなくて、毎朝ベンチでノートになにか書いてる女子のままだった。みんな、ベンチを空けといてくれてるのか、それとも、あたしはいなければ忘れられるような影《かげ》の薄《うす》い存在だってことなのかはわからないけど、この問いを真剣《しんけん》に考えたいと思ってるのかもよくわからないから、いつもの席にすわって、そわそわしながらベンチを指でたたいた。

週末、エラ・クインとライリーとあたしはすごくいいセンまでいったはずだ。あたしは、タイラーについて思ってることをしゃべって、去年、タイラーが信じられないくらい大勢の女子を気に入ったことや、エラ・クインにあんなメッセージを送ることをなんとも思ってないんだから、ほかの女子にも同じことをしてたっておかしくないって話をした。

そうしたら、エラ・クインは真っ青になった。「信じられない。タイラーはどのくらい前から、あんなことしてるんだと思う？　まさか……わたしにやりはじめたのがきっかけだったりするかな？　わたしのことを嫌《きら》いになって、今じゃ、だれにでもあんなことするようになったとか？」

するとライリーが言った。「エラのそういうところ好きだけど、あいつが悪の親玉になった原因がエラだとは思わないよ。単にタイラーは嫌《いや》なやつなんだよ。それでその〈嫌《いや》なやつエネルギー〉を今はぜんぶ、エラに注ぎこんでる。エラの前にも同じようなことをしてた可能性は高いと思うよ」

「そして、わたしのあとにもしてる可能性があるよね！」エラ・クインはかっとなってさけんだ。「だから、なんとかしてやめさせる方法を考えなきゃ！」

一晩じゃ、やめさせる具体的な方法までは考えられなかったけど、これから三人で考えるってことだと、あたしは思ってた。あたしたちは一心同体で、力を合わせてタイラー・ハリスを倒《たお》すんだって。でも、今こうして、二人の姿が見えないとなると、むずむずするような気持ちがせりあがってくる。

エラ・クインとライリーが、あたしをお泊《と》まり会に呼んだことを後悔《こうかい》してたらどうしよう？　もしかしたら、よりにもよってあのエラ・クインが突然《とつぜん》あたしなんかと仲良くなったりしたら、みんなに超驚《ちょうおどろ》かれるって気づいたとか？　レズビアンだって噂《うわさ》をタイラーに広められたら、あたしとつるむのはリスクだって思ったのかもしれない。せめて同級生たちにレズビアンだって思われたくない場合、まずなにをするかって言われたら、レズビアンの子といっしょにいるのをやめるのがふつうだろう。

ベンチの上に立ちあがって、仲のいいグループで固まってる子たちに向かってさけびたかった。週末はエラ・クインのうちに泊《と》まりにいって、ファッションショーとかぜんぜんやらずに、朝の三時まで夜更《よふ》かしししたんだから！　あたしだって、みんなが想像してるよりはるかに楽しい週末を過ごしてるんだから！

でも、そんなことするのはぜんぜんクールじゃないし、いっしょにいて楽しいやつと思われるとは思えなかった。

だから、ベンチにすわったまま、ノートの陰《かげ》からまわりを観察した。実は毎朝、やってる。男子のグループが、学校の塀《へい》にはテニスボールを投げちゃいけないのに投げてる。いつもだれかが屋根の上にのせようとしはじめるから、禁止されてるのだ。ジェダ・スマックとジェニファー・ペタルはいつも通り、ひそひそと熱心に話しこんでる。エラ・クインがふだんからしゃべりはするけど、そこまで仲良くない女子たちもいる。

すると、ピッツ先生が大股《おおまた》でこちらへやってくるのが見えた。そのサメが迫《せま》ってくるみたいな勢いに、思わず立ち上がる。頭の禿《は》げたところに朝日が反射して、恐怖心《きょうふしん》をあおる。

「いっしょにきてもらおうか」ピッツ先生が言った。思わず噴《ふ》きだしそうになって、こらえる。むかしの西部劇に出てくる保安官みたいな口調だったからだ。

ピッツ先生が頭をクイッと校舎のほうへ傾《かたむ》けたので、みんながこっちを見る中、あたしはうつむいてそちらへ歩きだした。最初は、A先生に自習室から早く解放してもらったのがばれて、そのぶんの二十分間、自習室送りにされるんじゃないかと考えた。ピッツ先生の辞書に、大目に見るという言葉はない。ところが、先生が校長室のほうへ舵《かじ》を切ったので、顔から血の気が引いた。

ライリーが校長室前に置いてあるすわり心地の悪い茶色の椅子《いす》にすわっていた。あたしを見ると、顔をしかめてきたので、しかめ面で返す。校長室に呼び出されたことを心配したほうがいいのはわかってたし、実際、心配はしてた。誤解しないでほしいんだけど、あたしみたいなタイプの生徒が校長室に、しかも学校が始まりもしないうちに呼び出されるなんてことはふつうない。でも、一方で、エラ・クインとライリーがあたしを避《さ》けてたわけじゃないことがわかって、うれしかった。週末の出来事は気のせいなんかじゃない。あたしとチャットグループを作ったことを後悔《こうかい》してたわけじゃないのだ。

「それに、うちの息子に対するこの……この仕打ちに気づいたのがわたしだというのは、どういうことです？　この学校の教師はなにをしてるんです？」

女の人の声だ。奥《おく》の、校長先生の机のあるほうから聞こえてくる。

まずいかも。

「そこにすわってろ」ピッツ先生は言い、あたしがおずおずとライリーの横に腰《こし》を下ろすと、いってしまった。

「ピッツって給料じゃなくて、出来高払《できだかばら》いでお金をもらってるとか？　犯罪者一人につきいくら、ってなってるのかも」ライリーがささやいたので、笑いそうになって両手で顔を隠《かく》す。校長秘書のヴィッカーズさんがこっちをじろりと見たからだ。ヴィッカーズさんは人生で一度も笑ったことがないのに、机の上をダックスフンドの写真で埋《う》め尽《つ》くしてる。

「なにがあったの？」あたしはきいた。

ライリーはうんざりって顔をした。「エラとわたしが学校に着いたとたん、ピッツが待ち受けてて、ここに引っぱってこられたの。このあいだ、タイラーは泥《どろ》だらけになってうちに帰ったでしょ。理由を話そうとしないから、母親がむりやり聞き出したみたい。ただし、タイラーが適当に脚色《きゃくしょく》しなおした話だけどね。みんなで鬼《おに》ごっこをしてるときに、へイゼルがわざと突《つ》き飛ばしたとか、そんなことを言ったんだよ。タイラーがエラ・クインのことをフッたからって」

「そのせいだってことにしたなら、突《つ》き飛ばしたのがあたしなんて、へんじゃない？」

ライリーは肩《かた》をすくめた。「さあね。でも、タイラーの母親は超怒《ちょうおこ》ってるみたい。週末じゅう、学校に電話しつづけて、大切な息子を泥《どろ》だらけのズボンのまま家に連絡《れんらく》もせず帰すなんて虐待《ぎゃくたい》だ、犯人の生徒たちをちゃんと処分すべきだって言いつづけたらしい。あの感じじゃ、学校側がなにかするまで、すわりこみでもしそう」

「エラ・クインはタイラーがしたことを話すつもり？」

ライリーは眉《まゆ》をしかめた。「そんなことしたって、無駄《むだ》だよ。前も一度、訴《うった》えようとしたけど、タイラーは自習室送りにすらならなかったんだから。タイラーがピッツ先生に、ただのジョークだったのに、エラが本気にしただけだって言ったから」

「ウェスト校長なら、ちがうかも。校長先生は女性だし。わかってくれるかもよ」あたしは言った。

ライリーはゆっくりと深く息を吸いこみ、それからまた肩《かた》をすくめた。「おんなじだよ」そんなふうに考えるのは希望がなさすぎ、って言おうとしたとき、ウェスト校長が出てきた。

「二人とも、入りなさい」校長先生はそう言って、くるりと背をむけた。ライリーの言うとおりかも。

第十六章

タイラーの母親は、予想とはちがった。

これまで聞いていた話から想像してたのは、よくいる強烈《きょうれつ》な、息子が悪いことをしたのはぜんぶ人のせいだってわめきたてるようなおばさんだった。髪《かみ》をくしゃくしゃのおだんごにまとめて、高級なバッグを抱《かか》え、なんなら片メガネもかけて、かわいい息子にふさわしくない相手をじろっと見るような。じゃなきゃ、赤ん坊《ぼう》を食うような怪物《かいぶつ》で、邪魔《じゃま》をする人間を蹴散《けち》らして、タイラーが世界征服《せいふく》するまでやめないとか。正直、メリル・ストリープ*みたいなのを想像してたのだ。

ところが、実際はスーツを着て、黒い髪《かみ》をきちんとまとめ、お化粧《けしょう》の感じもよい女の人だった。見た目に気を使わない、子どものお稽古《けいこ》ごとに全身全霊《ぜんれい》をかけてるような教育ママタイプじゃなくて、むしろ、道理が通じる人に見える。ずらっと並んだ列の中から信頼《しんらい》できそうな人物を指させって言ったら、タイラーの母親を指さしちゃうかも。

　エラ・クインは端《はし》っこのほうにすわってた。エラ・クインとタイラーの母親のあいだには椅子《いす》が二つ窮屈《きゅうくつ》そうに並べられていて、エラ・クインもタイラーの母親も、なにがあっても近づきたくないってふうに見える。あたしたちが入っていっても、エラ・クインは顔をあげなかったけど、椅子《いす》の端《はし》を関節が白くなるくらいギュッと握《にぎ》りしめたのがわかった。**自分のせいだと思ってるんだ**、と思ってから、あたしはびっくりした。友だち付き合いが長くないと相手の考えてることなんてわからないと思ってたけど、もうエラ・クインの考えてることが手に取るようにわかる。これからどうなるにしろ、エラ・クインは自分を責めるだろう、本当は、責任なんてぜんぜんないどころか、被害者《ひがいしゃ》なのに。

「どうして今日、ここに呼ばれたかはわかっていますね」ウェスト校長はライリーとあたしに言った。

「タイラーがエラ・クインに嫌《いや》がらせをしたからですよね？」

　自分がなにを言おうとしているかもわからないうちに、しゃべっていた。タイラーの母親は頭が爆発《ばくはつ》しそうな顔をした。

＊　アメリカの女優。「プラダを着た悪魔」の横暴な最悪の上司役が有名

「この子のご両親に、今のことを話してください」タイラーの母親が言うと、校長はうなずいた。それを見て、ますます腹が立ってきて、あたしはますます高く顔をあげた。いじめをするやつはいじめをするやつを育てる。このあいだ、タイラーの友だちの前でタイラーにはっきりものを言うことができたんだから、タイラーの母親にだって言えるはず。

「タイラーはエラ・クインに嫌《いや》がらせをしています。証拠《しょうこ》もあります」

ウェスト校長は申し訳なさそうにタイラーの母親に向かってほほえんだ。「わたしがあとで話しておきますから」

タイラーの母親はフンと鼻息荒《あら》く立ち上がると、ぱっとあたしのほうを見た。「わたしに仕事があって運がよかったと思いなさい。あとで、あなたの両親に電話しますからね」

あたしがビビると思ってるんだと思うけど、それほど効果はなかった。

そして、タイラーの母親は猛烈《もうれつ》な勢いで校長室を出ていった。じゃあ、どうしてあたしたちは呼ばれたわけ？

「さっきのは本当です」タイラーの母親が出ていくと、ライリーが言った。「ヘイゼルはタイラーに言って聞かせようとしただけです。エラに嫌《いや》がらせするのはやめろって」

「エラが自分で言えばいいじゃないですか？」ウェスト校長は言った。「そもそもライリー、あなたはもういっていいですよ。タイラーのお母さまはあなたも呼ぶようにとおっしゃったんですけど……」

ウェスト校長はそこで言葉をとぎらせた。だって、そのつづきは全員、わかっていたから。**……本当はおかしいいんです。なぜなら、今回の件にライリー《あなた》はまったく関係ないから。**

ライリーは落ち着かなげにエラ・クインとあたしのほうを見ると、**気をつけてね**って感じでこっちを見た。あたしは、ライリーの考えてることもわかった。それに、このあときっと、校長室の前で待ってくれるだろうってことも。ウェスト校長は、ライリーから解放されてほっとしたみたいにこわばった笑みを浮《う》かべた。

ウェスト校長のことは前から好きじゃなかった。ミドルスクールの始業式で、あたしたちのことをこれからは「子ども」ではなく「小さな大人」として扱《あつか》います、もうあなたたも自分で決断ができる年齢《ねんれい》ですからね、って言ったのに、けっきょくそのあとずっと、あたしたちはそんな扱《あつか》いには値しないって話ばかりしてる。

「エラ、今のようなことを主張するのはたいへんなことだとわかっていますね？　深刻な告発に相当するんですから」

エラ・クインは答えなかった。ウェスト校長のうしろの壁《かべ》をただじっと見つめている。

「タイラーのお母さまは、あなたがたを停学にすべきだとおっしゃっています」校長はエラ・クインとあたしに向かって言った。「週末じゅうずっとタイラーに話すよう言いつづけて、ようやくあなたがたがしたことを聞き出したそうです。タイラーのお母さまはどうやら、ヘイゼルがタイラーのことを突《つ》き飛ばしたのは、あなたがやれと言ったからだと思っているようですよ、エラ」

は？　なんなの？

エラ・クインの目が見開かれた。

「そんなの、ひどいです！」エラ・クインの声はくぐもっていて、今にも泣きだしそうだった。「嫌《いや》がらせをしてきたのは、タイラーのほうなのに。タイラーがひどいメッセージを送りつけてきたんです」

「本当に？」ウェスト校長は片方の眉《まゆ》をあげた。

「本当です！」エラ・クインはポケットからスマホを取り出して、〈アイ・ワンダー〉のページを開いた。「見てください。停学になるのは、タイラーのほうです」

「タイラーはいつも『不可能』を『非可能』って書くんです」あたしは横から言った。「このメッセージを見てください。タイラーがいつもやるミスと同じです。ほら、『非』になってますよね？」

ウェスト校長はエラ・クインのスマホを受け取ると、スクロールしてタイラーのメッセージを読んだ。校長の眉《まゆ》はみるみる吊《つ》りあがった。

「まず、クインさん、校則はわかっていますね。学校の授業中はスマートフォンの電源は入れてはいけないことになっています。これは預かりますから、今日の放課後、取りにきなさい」

校長はエラ・クインのスマホを机の上のかごに入れた。

「まだ始業前じゃないですか！」あたしは思わずさけんだ。

「第二に」ウェスト校長はあたしを完全に無視して、つづけた。「あなたの言う証拠《しょうこ》ですが、ネット上の言葉のまちがえなどいくらでもありますからね。ご両親はあなたがこのアカウントを持っていることをご存じなんですか？」

エラ・クインがもじもじするのを見て、ウェスト校長はほほえんだ。小さな子どもに自転車の乗り方を教えるときに浮《う》かべるような笑みだった。

そして、引き出しの中から、パンフレットを取り出した。表紙では、ブロンドの髪《かみ》をポニーテールにした女の子が悲しそうな顔をして、ノートパソコンの光っている画面を見つめていた。「ネットいじめの被害者《ひがいしゃ》にならないために」とある。それを見て、あたしは思い切り顔をしかめた。ウェスト校長に行儀《ぎょうぎ》が悪いと思われようが、もはやどうでもいい。

「あなたの年齢《ねんれい》には、SNSはまだ早すぎます」ウェスト校長はエラ・クインに言った。

「それを言うなら、そんな年齢《ねんれい》の子にこんなメッセージを送るなんておかしいです。今、ここで話すべきことはそっちですよね？」あたしは言った。

「こんな……有害なメッセージが送られてきたのは残念です。でも、〈アイ・ワンダー〉のようなサイトではこうしたことは起こるんです。なぜこれがタイラーからきたものだと思うんです？　そこが、インターネットの問題なんです。自分のことを公開すれば、こうしたことに付け入るスキを与《あた》えてしまう。インターネットでは、なにもかもが公開されるんです。あなたがたがどう考えようとね」

あたしたちはしばらく黙《だま》っていた。横でエラ・クインが震《ふる》えてるのが感じられる。どうにかして落ち着かせてあげたいけど、たぶんあたしも震《ふる》えてる。

「タイラーのお母さまには停学の話は取り下げるようにお願いしました。エラ、あなたは明日から一週間、昼休みに自習室で過ごすように。それから、タイラーに謝罪の手紙を書きなさい」

「エラ・クインはなにもしてないのに！」あたしはさけんだ。「タイラーが転んだとき、その場にいたのはあたしです。エラ・クインは近くにいなかったんです。たとえエラ・クインがあたしにやれって言ったとしても、その場にいたのはあたしだけです。もちろん、エラ・クインはそんなこと言ってません。なのにどうしてエラ・クインのほうが罰《ばつ》を受けるんですか？」

「ええ、そのことですが、わたしはあなたの担任の先生と話しました、ヘイゼル。先生は、これまであなたはこんな問題を起こしたことはないとおっしゃっていました。目立っている生徒たちにいいところを見せたくなる気持ちはわかりますが、そんなことをしても意味はありませんよ」

「それって、あたしはダサいから、ほかの人のために立ち上がるはずがないっておっしゃってるんですか?」

校長はまた無視した。

「それでいいですね、エラ?」

エラ・クインはなにも言わなかった。黙《だま》っているつもりかと思ったとき、エラ・クインはきいた。「ウェスト校長先生、先生はフェミニストですか?」

ウェスト校長は驚《おどろ》いた顔をした。「ええ、もちろんそうです」

「フェミニストっていうのは、こういうことがあったとき、女性を信じるものじゃないんですか?」

ウェスト校長は、不意うちを食らったとでもいうように笑いだした。「ええ、もちろん信じますよ。でも、あなたはまだ女性じゃありません。ほんの子どもでしょう。年齢《ねんれい》にふさわしい行動をとっていれば、こんなことに煩《わずら》わされずにすむんじゃないですか?」

あたしたちはぼうぜんとして校長室をあとにした。二人ともなにも言わずに、あたしはエラ・クインが鼻をすすってるのに気づかないようにしていた。でも、廊下《ろうか》に出たとたん、爆発《ばくはつ》した。

「年齢《ねんれい》にふさわしい行動をとれってなによ！」

ライリーが待っていた場所から飛び出してきた。

「そんなこと言われたの？」

エラ・クインは先にどんどん歩いていったので、ライリーとあたしは急いであとを追いかけた。

「うん、言われた」あたしは答えた。エラ・クインは自分ではその話はしたくなさそうだったけど、あたしが説明するのは止めなかった。最後まで話し終わったときには、ライリーは魚みたいに口をパクパクさせていた。「自分のことを公開すれば、こうしたことに付け入るスキを与えてしまう？」信じられないというように繰《く》り返す。

あたしは両手でゴシゴシと顔をこすった。こんなこと、信じられない。こんなこと信じられない！

「こんなこと、信じられない」まるであたしの考えを読んだみたいにライリーが言った。

始業のベルはまだ鳴っていなかったので、エラ・クインは先に立って校庭へ出た。でも、そのあとどこにいくか、考えてないみたいだったので、あたしが先頭になり、いつものベンチまで歩いていった。このベンチにだれかとすわるのは初めてだった。一度だけ、ケイデンがあたしに気づかなくて、膝《ひざ》の上にどすんってすわってきたことはあったけど。

「信じられないけど、本当」三人でぎゅうぎゅう詰《づ》めになってベンチにすわると、エラ・クインはぼそりと言った。まだ信じられないみたいにぼうぜんとしてたけど、でも、まちがいなく、実際に起こったことなのだ。

これまで、はらわたが煮《に》えくり返るっていう意味が本当にはわかっていなかった。でも今、わたしは全身で怒《おこ》っていた。体じゅうが熱い。大声でさけんで、そこいらじゅうのものを壊《こわ》して、ウェスト校長があたしたちを信じるって言うまでわめきつづけたい。

「これが初めてじゃないんだ」エラ・クインは言った。「それに、最後でもないと思う。どうしてみんな、わたしよりタイラーを信じるんだろう？」

「理由はわかってるよ。タイラーは男だから」ライリーが言った。

「そして、わたしは『ほんの子ども』ってわけね。学校ってそういう無力な『ほんの子ども』を守ってくれるところじゃなかったんだ」エラ・クインは吐《は》き捨てるように言った。

ライリーは、ウェスト校長のことを「○○女！」って小さな声でののしった。ふだんあたしはそういう言葉は使わないけど、今使わないで、いつ使うわけ？

最低の気分だった。友だちがいると、こうなるわけ？　エラ・クインが悲しいと、あたしも悲しくなるの？

「どうにかしなきゃ」ライリーが言った。

「でも、どうすればいいの？　ピッツにもウェスト校長にも話したのに、信じてもらえなかった。また同じことをしても、いきなり先生たちが気を変えて、わたしたちのほうを正しいと思いはじめるとか、ありえない」エラ・クインが言う。

「じゃあ、同じことをしなければいい」あたしは言った。

エラ・クインは疲《つか》れ切った顔をしてた。ライリーとあたしは怒《いか》り狂《くる》ってたけど、エラ・クインは身も心もぼろぼろになってる。そのようすを見て、怒《いか》りが倍増する。

「いい、あたしたちはだれよりもタイラーを知ってる。タイラーの友だちよりも。だって、タイラーは自分の気持ちを友だちに話そうなんて考えもしないから。だから、それを利用するの。あたしは、これまでタイラーが好きになった女子を全員知ってるし、去年デートした子も全員わかる。ほんと、すごい人数なんだから。ウェスト校長も、あたしたち三人のことなら無視できるかもしれないけど、それが三十人になったらどう？」

ライリーはゆっくりとうなずいた。「確かに無視できない。聞かざるを得なくなる。それにもし三十人の女子生徒でだめでも、三十人の保護者の話を聞かないわけにはいかない」

「だから、あたしたちはそういう女子を探して、話を聞きだせばいいんだよ。これまで耳を傾《かたむ》けようとした人なんていなかったんだよ、きっと」

そして、あたしもそうだった。あたしは心の中で思った。エラ・クインが今も、最初あたしが信じなかったことで怒《おこ》ってるとは思わないけど。だからと言って、罪の意識がなくなるわけじゃない。どうしてエラ・クインよりタイラーを信じたんだろう？ タイラーにほんのちょっとだけ相手にされたから？ タイラーに相手になんかされなくていいし！

「それならできる」ライリーは言った。そして、エラ・クインのほうを見た。「エラ、それならできるよ。みんなから話を聞きだそう」

エラ・クインがやるかやらないか、考えている。頭の中でよい点と悪い点をリストにして並べているのが見えるような気さえする。もちろん、タイラーのことは痛い目に合わせてやりたい。もちろん、たぶんいると思われる被害者《ひがいしゃ》の女子も助けたい。でも、現実は、今校長室で起きたことに近い。ほんの子どもと言われ、罰《ばつ》を受け、親が呼び出され、しかも、親も自分を信じてくれるかどうかはわからない。

「とりあえず一人から始めてみればいいよ」あたしは言った。

エラ・クインはまたしばらく、考えた。闘争心《とうそうしん》は失われ、編みこみもほどけかかって、目の下に黒いクマが浮《う》きあがりつつある。

それでも、エラ・クインはエラ・クインだった。すっと背を伸《の》ばすと、深く息を吸いこみ、スピーチをするときみたいに胸を張った。「うん、やろう」

第十七章

あたしたちはカフェテリアで陣営《じんえい》を組んだ。あたしとライリーとエラ・クイン、それからエラ・クインのノートはなにもないページが開いてあって、一番上に「作戦サーティ」とだけ書いてある（あたしのとまったく同じブランドのまったく同じ色のノートで、やっぱり同じくらいきれいだった。ずっとエラ・クインのことを宿敵だと思ってきたなんて信じられない。それどころか、最高に気の合う心の友《ソウルメイト》かもしれないのに）。ランチの時間、三人で頭を寄せ合って相談しながら、一、二回、シラミのことが頭をかすめはしたけど、それだけですんだのは勝利と見なしていいと思う。前だったら、エラ・クインとなにしてるんだろうって、まわりに思われるって思ったと思う。みんながひそひそささやき合って、どうしてエラ・クインがあたしとつるんでるんだろうって言ってるって。でも、実際はそもそもだれも気づいてないと思う。あたしはあいかわらず存在感が薄《うす》いし、今はむしろそれが心地いい。だれもあたしのやってることなんて気にしないなら、こっちが気にする必要もないし！

いつもどおり、ほかの子たちは人間の限界に挑戦《ちょうせん》する勢いでランチをかきこんで出ていったから、今は、テーブルを三人で占領《せんりょう》していた。エラ・クインがノートを、あたしが筆箱を担当し（これは、だれの筆箱の中身が一番能率的に整えられているかを話し合った結果）、で、ライリーはっていえば、どんなにウェスト校長が嫌《きら》いかってことをひたすら実況解説《じっきょう》してる。どんどんヒートアップして、言葉と言葉がつながってなにを言ってるのかよくわからなくなって、顔もめっちゃしかめっ面で、これは真剣《しんけん》な話し合いだから笑っちゃいけないってわかってたのに、思わず笑った。あとは計画を立ててるだけだ。

「タイラーから気に入った女子の話を聞くようになったのは二年のはじめからなんだけど、タイラーはこれまで好きだった女子のことも去年までさかのぼって話したんだよね。で、それからすると、中でも特に気に入った女子たちは、去年の冬休みの直前くらいからに集中してる気がする」

エラ・クインがフフンと鼻を鳴らして、丁寧《ていねい》に黒丸を書き、その横に「十二か月分の悪行」と書いた。それで、あたしは自分がなにを言ったか、気づいた。

「ごめん」顔が引きつった。タイラーが去年の冬休みに入る直前から、次々いろんな女子のことを好きになったのには理由がある。そのまえにエラ・クインと別れたからだ。「謝らなくていいよ」エラ・クインはうんざりって顔をした。「最悪の事態は免《まぬが》れたんだし。っていうか、免《まぬが》れようとはしたんだけどね」

ライリーがそっと肩《かた》をエラ・クインの肩《かた》にぶつけ、エラ・クインは小さくほほえんだ。それを見て、自分がほんのちょっとだけ羨《うらや》ましいと思ってることに気づいた。むかしからずっとエラ・クインにはライリーが、ライリーにはエラ・クインがいたんだから。

「女子をふたつのカテゴリーに分けられると思う」頭を軽く振《ふ》って、羨《うらや》ましいっていう気持ちを払《はら》おうとする。「学年アルバムがあれば、全員思い出せると思うんだ。つまり、タイラーが気に入ってた女子と、タイラーが実際デートした女子と」

「なにがちがうの？」ライリーがきいた。

「タイラーが気に入った女子っていうのは、タイラーのほうは気に入ってたけど、向こうはタイラーとデートしたがらなかった女子。残念ながら、かなり少ないけど。あと、タイラーの気に入らないようなことを言ったかやったかで、価値がないって判断された女子も、そこに入るね」

「じゃあ、まずわたしたちがアプローチするのはそっちのカテゴリーの女子ね」エラ・クインが言った。「タイラーはその子たちにムカついてるはずだもん。でしょ？今、わたしにムカついてるみたいに」

あたしには、エラ・クインとライリーに言ってないことがあった。

今日の朝、教室に入っていくと、タイラーが待ち構えていて、あたしの席の前に立ちふさがった。ケイデンもいたけど、見張りだったのかもしれないし、あたしがまた切れてタイラーを突《つ》き飛ばすかどうか眺《なが》めてただけかもしれない。

無視してタイラーに背を向けようとしたら、手首をつかまれた。けっこうな力だった。けがをするほどじゃないけど、思わず立ち止まるくらいの強さはあった。そう、ちょっとビビるくらいの。一瞬《いっしゅん》、怖《こわ》いって思うくらいの。

「おまえと新しい友だちは、もうおれにちょっかい出さないほうがいいってわかっただろうな？」タイラーは低い声で言った。そうすれば、怖《こわ》がって言うことを聞くって思ってるんだろう。

「うん、わかったよ、すっごく大切なことが」あたしはタイラーの手を振《ふ》りほどくと、その勢いに任せて平手打ちを食らわせたい衝動《しょうどう》をなんとかこらえた。「だれかさんは、ノーって言われると、ママのところへ飛んでいって、代わりに闘《たたか》ってもらうってことがね」

それを聞いてケイデンが笑った。そして初めて見るような目であたしを見て、感心した顔をした。あたしもちょっと、自分に感心した。

でも、このことを今、エラ・クインとライリーに知らせる必要はない。もうこれ以上、エラ・クインに自分を責めないでほしかった。

「うん、ムカついてると思う」あたしは答えた。

「じゃあ、そっちのグループから始めよう」ライリーも賛成した。「タイラーがなにかやらかしてそうな女子のところにいくのがいい。何人ぐらい、いそう？」

ここ数か月のことを思い出そうとする。タイラーは気に入ってる女子の話をはじめると、もうやめられないって感じだった。朝はある女子の話をしてたのに、ランチが終わるころには、その子のことはすっかり忘れてる、なんてこともあった。もう次のお気に入りを見つけてるのだ。タイラーを痛い目に合わせるのに必要になる日がくるって知ってたら、もっとちゃんと聞いておいたのに。

「はっきりはわからない」あたしは認めた。「うーん、五、六人くらい？　たいていはタイラーの誘《さそ》いを受けるか、じゃなきゃ、そこまで漕《こ》ぎつけるまえに、なにかタイラーの気に入らないことをするか、どっちかだったから。一日に一人以上だったことも二、三回はあったし。前は、タイラーは好きになってもらえない相手を好きになるのが怖《こわ》いのかと思ってたけど、今は単にタイラーが最低なやつだからだってわかる。しかも、あんな嫌《いや》なやつなくせに、理想だけは異常に高いんだから」

エラ・クインとライリーがちょっとめげたようすだったので、なにかいい考えが浮《う》かばないかと思ってカフェテリアを見回した。でも残念ながら、ミドルスクールのカフェテリアはどこまでもただのミドルスクールのカフェテリアにすぎなかった。ミドルスクールのカフェテリアからなにかひらめきを得る人はそういないだろう。いつもと同じ子たちがうたた寝《ね》し、同じ子たちが隅《すみ》の席で笑ってる。マヤ・ハットンはあいかわらず、二、三台むこうのテーブルで本を読んでいた。

「マヤ・ハットン！」あたしは思わず言って、口を手でふさいだ。よかった、マヤには聞こえなかったみたいだ。

「マヤ・ハットンがどうかしたの？」エラ・クインは言って、あまりあからさまにならないよう、肩越《かたご》しにそっちを見た（けど、あからさまだった）。

「去年の夏休みに入るまえに、タイラーはマヤのことを気に入ってたんだ。六月のあいだまるまるずっと。でも、夏休みに入るまえについに誘《さそ》ったら、親に男子と出かけるのは禁止されてるからって断られたんだって。タイラーはめっちゃ怒《おこ》っててね、マヤのせいで夏がまるまるだいなしになったってずっと言ってた。タイラーが腹を立ててる女子がいるとしたら、マヤだよ」

あたしたちは、お互《たが》いのようすをおもむろにうかがった。ここに挙がった女子全員にアプローチして、タイラー・ハリスにやられたひどいことを聞き出すと決めたのはいいけど、実際にやるとなると、また別問題だ。

「どうしてわたし、こんなに緊張《きんちょう》してるんだろう？」エラ・クインは笑ってみせたけど、両手がぶるぶる震《ふる》えてるのが、あたしにもわかった。

「やりたくないなら、やらなくたっていいんだよ」ライリーが言い、あたしもうなずいた。

「ううん、ただね……」エラ・クインは大きく息を吐《は》きだした。「マヤはタイラーになにもされてなかったら？　ほかの女子にはなにもしてなくて、わたしにだけしてるとしたら？　そしたら、タイラーにあんなことさせるようなこと、わたしがしたってことだよね？」

「ちがうって！」ライリーとあたしは同時にさけんだ。

「悪いのはタイラーだから」ライリーは改めて言った。「わたしたちの手でなんとかしなきゃいけないから、こうやってコソコソ嗅《か》ぎまわってるわけでしょ。わたしだって、暇《ひま》じゃないんだよ。でも、こんなことしてるのは、タイラーがこのままでいいわけないからだよ」

「確かに、ライリーは忙《いそが》しいもんね」エラ・クインは小さくほほえみ、それから二人して笑った。

マヤのところへはそれとなく近づいていくようにしたけど、こちらが三人で向こうが一人の場合、圧がかからないようにするのは難しい。マヤは読んでいた本をおそるおそるテーブルに置くと、不良グループにでも引きこまれるんじゃないかって感じでまわりを見回した。

「マヤ、ちょっと話があるんだけど、いいかな？」エラ・クインは言った。

マヤが一瞬《いっしゅん》、ためらったので、ライリーがかぶせるように言った。「ほんとにちょっとだけだから。そのあと、その本の話しない？　わたしもまだ読んでないから、ネタバレにはならないし」

さすがライリー。マヤはにっこりし、あたしたちはマヤの横にすわった。

「去年、タイラー・ハリスに誘《さそ》われたよね？」エラ・クインが言った。

マヤの顔が青くなった。「断ったよ。もしこれが、その、嫉妬《しっと》とかそういうのだったら、わたしとタイラーはなんでもないから。うちの親は厳しいの。男の子と出かけることすら、禁止されてるんだから」

「まさかちがうよ！」エラ・クインは一息で言うと、笑いだした。「嫉妬《しっと》なんて話じゃないから」

「あのね……タイラーになにか言われたことある？」あたしはきいた。ここで豆知識を一つ。「(ある特定に人物に)性的嫌がらせ《セクシャルハラスメント》を受けたことはありますか?」って単刀直入にきくのは、すごい抵抗感《ていこうかん》。「マヤが断ったら、タイラーがめちゃ怒《おこ》ったって噂《うわさ》を聞いたから。大丈夫《だいじょうぶ》だったかどうか、ききたかったんだ」

マヤの目が大きく見開かれた。もう答えはわかったも同然だ。

「これ見て」エラ・クインはスマホをかかげて、〈アイ・ワンダー〉のアカウントに送られてきたタイラーのメッセージを見せた。マヤはぱっと両手をあげて、鼻と口を押《お》さえた。

「マヤのところにも送られてきた?」

マヤは、目にも止まらぬ速さでスマホを取り出した。自分の話をすぐに信じてもらえるっていうのは、こういうことなんだと、あたしは思った。

マヤの〈アイ・ワンダー〉のアカウントも同じような状態だった。タイラーからのメッセージは、今はもうほとんど途絶《とだ》えていたけれど、マヤはぜんぶ保存していた。〈親はおまえがヤリマンだって知ってんのか?〉〈今日のかっこう、サイテーだな。そんなケツ見せびらかして、せいぜい気をつけるんだな〉マヤがスクロールするのに従って、内容もどんどんひどくなっていく。

「だれにも話さなかったの」マヤは言った。「タイラーからだっていう証拠《しょうこ》はないし。でも、メッセージがくるようになったのは、タイラーの誘《さそ》いを断ってから。ごめんね、もしわたしがだれかに話してたら、エラはそんな目に合わなかったかもしれない」

あたしは言った。「そうなの、それが、今、あたしたちがマヤのところにきた理由のもう半分。あたしたちは話したんだ。だけど、信じてもらえなかった。だから、タイラーがほかの女子にも同じことをしてるかどうか、調べようと思って。みんなでいっぺんに言えば、無視されることもないと思うんだ」

とたんにマヤはぱっと手を出して、スマホの画面を消すと、リュックの奥深《おくふか》くにしまいこんで、さらにファスナーをきっちり閉めた。

「無理。言ったでしょ。うちの親は厳しいの。スマホを持つのだってなかなか許してくれなかったのに、〈アイ・ワンダー〉にアカウントがあるなんて知られたら。なにがあったか話すってことは、アカウントの話もしなきゃならないし、そしたらきっと、高校を卒業するまでスマホを持たせてもらえない。だいたいそのまえに外出禁止になって、百万年外に出してもらえなくなる」

エラ・クインとライリーとあたしは顔を見合わせた。この計画を思いついてから、どういう結果になるか、あらゆる可能性について考えていた。ほかの被害者《ひがいしゃ》が見つかる。タイラーは完璧《かんぺき》な紳士《しんし》だったって言われる。完璧《かんぺき》なタイラー・ハリスの完璧《かんぺき》な評判を貶《おとし》めようとしたかどで退学になる。でも、被害者《ひがいしゃ》を見つけても、被害者《ひがいしゃ》がその話をすることができないっていうパターンは、考えてなかった。

「ごめん。本当に、本当に、悪いと思ってる。でも、エラたちの計画がどういうふうになるにしろ、わたしのことは巻きこまないで」

そう言って立ちあがると、あとからきたのはあたしたちのほうなのに、マヤのほうがカフェテリアを出ていった。

第十八章

落ちこむのって時間を食う。

ランチ以来、あたしはそうとう落ちこんでいた。たぶん、二年生になってしょっちゅうしゃべっていた唯一《ゆいいつ》の同年代の人間が、同じ学年の女子に脅迫《きょうはく》まがいのメッセージを送りつけるサイテーのやつだったたっていう事実が関係してると思う。しかも、あたしはそいつを増長させてたのだ！　うるさい黙《だま》れとか、話しかけないでとかだって、言えたはずなのに。A先生に席替《せきが》えしてほしいって頼《たの》むことだってできた。なにかできたはずなのだ。なのに、しなかった。なぜなら、心の奥底《おくそこ》では、タイラー・ハリスみたいなタイプにいろんなことを話されて、いい気になってたから。

それに、落ちこむと、動きが鈍《にぶ》くなる。最後の授業は体育だったけど（ありがたいことに、今日はピッツ先生じゃなかった）、トラックを一周するのもぎりぎりだった。えっともちろん、もともとスポーツが超《ちょう》得意だとかいうわけじゃない。ちがうから。でも、さすがにふだん、トラック一周くらいはできる！

あれこれ考えていたせいで、みんなが着替《きが》え終わったときには、更衣室《こういしつ》に残っているのはあたしだけになっていた。スマホを見ると、ベルはもう五分前に鳴ってる。ってことは、あたしの乗るバスはあと三分で発車する。超特急《ちょうとっきゅう》で着替《きが》えを済ませ、超超特急《ちょうちょうとっきゅう》で廊下《ろうか》を走って、ロッカーから荷物を取り出す。それをぜんぶリュックの中に、文字どおり放りこんで、バス乗り場へ向かった。このフットワークの軽さが一時間前までどこに潜《ひそ》んでたのかは謎《なぞ》。

まっすぐ運転席の窓のところへいくと、ちょうどドアを閉めようとしていたクリスタルは顔をしかめ、乗り遅《おく》れる生徒は嫌《きら》いだアピールはしたけど、それ以上は文句を言わずに乗せてくれた。

「ヘイゼル！」ライリーの声がした。ふしぎな気持ちだった。最後にバスの座席を取っておいてもらったのは、いつだろう。

「なにも言わずに帰っちゃったのかと思った」エラ・クインが、通路を挟《はさ》んだ反対側の席から言った。二人がすわってるのは、タイヤの上の席だった。あたしがいつもすわってた席。近くにはだれもすわっていない。

ううん、すわってた。ベラ・ブレイクがいる。片方の腕《うで》を前のだれもいない席にかけ、もう片方の手を自分とエラがすわってる席の背もたれにかけて、あたしたちのほうを見るかっこうですわってる。

あたしはもともとほとんどだれともしゃべらないけど、ベラ・ブレイクとは一言だって話したことはない。ベラ・ブレイクとは、獣《けもの》としてのタイプがぜんぜんちがいすぎる。

えっと、ちょっとちがうか。「獣《けもの》」って言ったのは、ベラ・ブレイクのあだ名が「野獣《ビースト》ベラ」だから。もちろん『美女と野獣《やじゅう》』からとってる。＊ベラ・ブレイクは自分でも部活バッグにそのあだ名を入れて、持ち歩いてる。なぜなら、ベラにとっては、バレーボールがなにより大事だから。そして、バレー部にとってなにより大事なのは、ベラがいつもベストコンディションにいること。このあいだの試合には、大学のチームのスカウトがベラのプレイを見にきたらしい。まだ一年生なのに！

「じゃ、マヤって思ってたようなおとなしいキャラじゃないんだね」バスが乗り場を出て走りはじめると、エラ・クインが言った。よく聞こえないのでエラ・クインのほうを向こうとしたけど、クリスタルは生徒が通路に脚《あし》を出すのを嫌《きら》う。

最初、エラ・クインがなんの話をしてるかわからなかったけど、ようやく話が見えてきたとき、まずぜったい聞きまちがいだと思った。

「タイラーがなにかしたの？」あたしはきいた。なんとかそこでとどめたけど、頭の中では最後まで言っていた。（タイラーがなにかしたの、ベラ・ブレイクに!?　野獣《ビースト》ベラに!?!?）

「うん、そう」ベラは言った。「そういうこと」

「今、その話をしてたの」エラ・クインが言った。「だけど、ヘイゼルがくるのを待ってたんだ。ヘイゼルがきてから、ベラに詳《くわ》しく話してもらおうと思って」

ベラの顔は少し赤くなっていて、それがなにより衝撃《しょうげき》だった。エラ・クインとライリーが席を取っておいてくれたことよりも衝撃《しょうげき》だったし、ベラ・ブレイクがあたしに話しかけたことよりも衝撃《しょうげき》だった。野獣《ビースト》ベラは、気後れするようなタイプじゃない。ピッツ先生に腕相撲《うでずもう》で挑戦《ちょうせん》し、しかも勝つタイプなのだ。タイラーみたいなクズが、ベラ・ブレイクみたいにクールで強い人間を気後れさせることができるなんて、すごく嫌《いや》だ。

「去年の、バレーボールの決勝戦で勝ったあとだったんだけど、ふつうなら、そんな日にはなにがあったって、気が滅入《めい》ることなんてないじゃん？　だって、本当なら最高の日のはずなんだから。でもね、廊下《ろうか》に出ていったら、タイラーがいて——たぶん試合を見て

＊『美女と野獣《やじゅう》』の美女の名前はベラ

たってことだよね？　それで……」

「無理やり話さなくていいからね」エラ・クインが言った。「まじめな話、話したくないなら、話さなくていいんだから」

ベラは首を振《ふ》った。「ああもう、そうじゃないの。ただ気まずいってだけ。それに、ほんと、バカバカしいことなの！　タイラーはあたしを見ると、『おめでとう、野獣《ビースト》』って。で、それはね、ふだんならぜんぜんいいわけ。試合のあとは、みんながそう言ってくるし、ふだんはあたしもそれが気に入ってる。だけど、タイラーはそう言って、叩《たた》いたんだ、あたしのお尻《しり》を。すごく強く。まるで、自分のものだってみたいに。自分は好きなときにそうしていいってみたいに」

あたしの心はこれ以上沈《しず》めないってくらい沈《しず》んだ。ひどいことを言ったくらいなら、誤解だって説得できるかもしれない。でも、明らかに望んでない相手に触《さわ》るなんて、誤解ではありえないし、言い逃《のが》れするのは無理。ですよね、ウェスト校長。

「で、そのあとずっとタイラーのそばにいくのも嫌《いや》で」ベラはつづけた。「っていうか、今も嫌《いや》。タイラーの顔を見るたびに、あのときの気まずい思いをまたすることになるから。もうずっと前の話なんだけど、いまだに忘れらんない。たまに、タイラーがくるのが見えると、無意識のうちに慌《あわ》てて壁側《かべがわ》に寄ってるんだよね、あいつに、その……近づかれないように」

「当時、だれかに話した？」ライリーがきいた。

ベラは顔をしかめて、首を横に振《ふ》った。

「たまに部の女子がそんなふうな話をしてるんだよね。だけど、そういうことがあっても、あまり気にしてないみたいだから。笑えるって思ってる子もいるくらい。だから、話してもたいしたことないって思われるって思った」

あたしたちが黙《だま》っていると、ベラがまた口を開いた。そして、あたしたちがたずねたいと思ってたことを言った。

「それに、まわりにだれもいなかったから、あたし対タイラーになるわけでしょ。タイラーは、ピッツの超《ちょう》お気に入りだからさ。毎回、タイラーはうまいこと、怒《おこ》られない。だから……忘れようとしたんだ。だけど、そしたら、マヤから、エラたちに例のメッセージのことをきかれたって聞いたから――」

「ベラにも送られてきた？」あたしは身を乗り出した。先生たちのベラに対する「堪忍《かんにん》袋《ぶくろ》」の容量はほぼ無制限だ。ベラのおかげでみんなの愛校心がかきたてられるんだから。ウェスト校長も、ベラみたいなスーパースターがいれば、あたしたちの話に耳を傾《かたむ》けるはず。

でも、ベラはため息をついて、首を横に振《ふ》った。

「あたしにはなにも送ってきてない。マヤに、あたしの話をエラたちにしたほうがいいって言われたんだけど、証拠《しょうこ》はないんだ。ごめん」

「やだ、謝ることじゃないよ」エラ・クインが笑うように言ったので、ベラも笑った。

「あれ以来、タイラーはほとんど話しかけてこないし。最初は、悪かったと思ってるんだと思ってた。だから、許すっていうのもありかもって思いはじめてたんだ。少なくとも、自分の中ではね。だけど、こうやって、あいつがしてきたことを聞いたら……さすがにまずいと思って心配してただけだね。あまりに露骨《ろこつ》だったから」

それを聞いて、灰色のプラスチックの座席に頭を叩《たた》きつけたい衝動《しょうどう》に駆《か》られた。そうだ、それがタイラーのやり口なんだ。そうやって、またお尻《しり》を叩《たた》いたり、女子に嫌《いや》がらせをしたりできるチャンスをうかがってるんだ。

「マヤは、エラたちがどうするつもりかってことまでは言ってなかったんだけど、あたし、言っときたかったんだ。エラたちのやろうとしてることは正しいって。タイラーはクソだよ。もしエラたちがこの件をウェスト校長のところへ持っていくつもりなら、あたしも応《おう》援《えん》するよ。ただ、声をあげる以上、タイラーになんのお咎《とが》めもないままっていうのは嫌《いや》ってだけ」

あたしたちはなにも言えなかった。もちろん、あたしたちだって同じ思いだけど、なにも約束はできない。一度、やってみて失敗してるのだから。

ベラは最初の停留所で降りたので、それ以上話す時間はなかった。ベラはあたしたちに小さく笑みを作ってみせてから、降りていった。胸の奥《おく》に、これまでとはちがう感情が湧《わ》きあがった。この気持ちをどう考えればいいのかわからない。半分はほっとした気持ちだった。自分たち以外にも、こんなことが起こってるのを知ってる人がいるのだ。でも、もう半分は、とてつもない悲しみだった。だって、信じられないことに、自分たち以外にも、こんなことが起こってるのを知ってる人たちがいるのだ。ほかに同じような目に合ってる女子を探そうって言いだしたのは自分だとわかってたけど、本当に同じような目に合ってる子がいるのを知った今、ひどくつらかった。あたしたちは、掘《ほ》り起こされたくないものを掘《ほ》り起こしてるのだろうか。

第十九章

「それで……これからどうする？」

次の日の朝、最初にそうきいた。あたしたちはいつものあたしのベンチでいっしょに震《ふる》えながら、ベルが鳴って校舎に入れる時間になるのを待っていた。こうやって三人でぎゅうぎゅう詰《づ》めになってすわれるのは、ほんとにありがたかった。エラ・クインとライリーはすばらしく性能のいいヒーターだ。前は、たくさん着こんで、脚《あし》を組んでなんとかコートの下に潜《もぐ》りこませるのでやっとだったんだから。こっちのほうがちょっと楽だし、なんなら心地いい。口に出しては言わなかったけど。

どっちかが計画を提案するか、少なくとも、あたしの質問に答えてくれるんじゃないかと思ったのに、二人ともため息みたいにハアッと息を吐《は》くだけで、昨日、ベラと話したときのあたしと同じで、打ちのめされてることがわかった。

「その……正しいことのために闘《たたか》ってるときに言うことじゃないのはわかってるんだけど、これ、やる価値があるのかなって思っちゃうんだ」ライリーが言った。

「価値はあるよ」エラ・クインは言った。声はまだ疲《つか》れていて、今週だけで一気に年取ったみたいだったけど（しかもまだ、火曜だし）、少なくとも、自分が怒《おこ》ってることは思い出しつつあるみたいだ。怒《いか》りがあたしたちの原動力なのかもしれない。

「闘《たたか》う価値がないなら、わたしたち自身にも価値がないってことになっちゃう。わたし……価値がないって言われるような世界で生きていくことはできない」エラ・クインは言った。

うちの親は、変な子育て本じゃなくて、エラ・クインが言うことをメモしたほうがいいかも。そもそも、エラ・クインはあたしに発破をかけようと思って言ってるわけでもないのに、うちの親の百倍爆発力《ばくはつりょく》がある。

「よし、じゃあ、計画を考えよう。これまでとやり方を変えたほうがいいことってなにかな？」あたしがきくと、ライリーが言った。

「これまでは、タイラーが今まで好きになったりデートしたりした女子を探そうとしてたわけだよね。ほかにやれることなんてあるのかな？　だって、例えば、タイラーがこれから好きになる女子を見つけるとか、無理でしょ？」

タイラーにはしゃべりたいことがいくらでもある。駆け引きの仕方がわかってて、一か八かのゲームに引きこみさえすれば、大勝ちできるってずっと思ってた。だれかのことを好きになると、タイラーは人を好きになってるのは世界で自分だけって感じになる。授業で質問に答えなくなり、友だちにいつも以上にイライラしたり、あたしのほうを悲しそうな顔で見たりして、けっきょくあたしはなにがあったの？ってたずねることになる。

そして、デートしてうまくいくと、もうあたしには話しかけない。たぶん、その手のことはだれにも話してないと思う。せいぜい、ケイダンにだれか気の毒な女子について下品なジョークを言うくらい。ところが、その子とのあいだがうまくいかなくなってくると（そのうち、必ずうまくいかなくなる）、またしゃべりたくてたまらなくなる。呻いたりため息をついたりむっつりとして窓の外を眺めたりするから、しまいにはあたしも耐えられなくなる。そういうときはもはや、こっちからどうしたの？ってきく必要すらない。あたしがタイラーのほうを見たが最後、次から次へと出てくる。彼女がどんなにウザいか、バカか、しつこいか。彼女がかわいそうだからフるのも大変だとか。タイラーがフッたあと、あたしはいつも、その女子のようすを観察してる。予想もしてないのにいきなりタイラーに切り捨てられ（エラ・クインのネックレス事件があったあと、タイラーはみんなの前で別れるのはやめていた）、どの女子もすごく悲しそうだった。まあ、丸一日くらいだけど。

そのあとまた友だちと話したり笑ったりしはじめ、一週間前の生活のことなんて思い出しもしないみたいだった。

タイラーはいつまでも相手の心に残る……ってわけじゃないらしい。

「確かにタイラーが次に好きになる子はわからないかもしれないけど、今、気に入ってる子ならわかるよ」あたしは言った。

「それがわかると、なにかいいことある？」ライリーがきいた。

あたしは鼻息を荒《あら》くした。「タイラーは、だれかを好きになってから、気持ちが固まって実際に行動を起こすまで、少なくとも一週間くらいふさぎこむんだ。そのあいだに、やっぱりそこまで好きじゃないってことになると、数日後には次の女子に関心が移る。それどころか、数時間後ってこともある。でも、タイラーに本気で好きな子ができれば、わかる方法はある。あとはそれがだれか突《つ》きとめれば、タイラーが実際に誘《さそ》うまえにその子のところへいって、いろいろ話す時間はたっぷりある。もしかしたら、その子を味方につけることができるかもしれない。スパイになってもらえるかも」

エラ・クインの丸まった背中が少し伸《の》びた。

「そうじゃなくても、せめてその子が、こういうことに巻きこまれるまえに忠告してあげられるね」

「そうそう！」あたしはうなずいた。

校庭を見回す。タイラーのことは、いつだって真っ先に見つけられる。大勢が集まっているところを見れば、その真ん中にいるから。しかも、蛍光《けいこう》イエローのジャケットを着てる。たぶんカッコいいってことになってるんだろう。なぜなら、タイラーが買ったあと、ほかの男子も着はじめたから。

この計画の唯一《ゆいいつ》の問題は、タイラーの「守備範囲《はんい》」が信じられないくらい広いってことだ。自分は食物連鎖《れんさ》の頂点にいるから、なんでも好きなことはやっていいし、してもなにか言われることはないって思ってるんだと思う。だから、どんな相手でも、どの女子のグループにいても、自分の基準に見合う女子だと思えば、好きになる。だから、タイラーがいつもつるんでる男子のグループがいつもつるんでる女子のグループだけ、チェックするのじゃ足りない。

「今は、タイラーには好きな子がいなかったら？」ライリーが言った。

あたしはフンと鼻を鳴らした。「ああ、それはない。タイラーは前に、好きな女子がいないと落ち着かないとまで言ってたもん。こんなのおかしいって感じがするんだって。たぶん、なにか課題がないとダメなタイプなんじゃないかな。で、タイラーにとっては女子がその課題ってわけ」

最後にそう付け加えたのは、タイラーって本当に最低で、タイラーに関わることぜんぶが嫌《いや》で嫌《いや》でたまらなかったせいなんだけど、言ってから、自分がだれにその話をしているかを思い出して、ちょっと顔が赤くなった。

「ごめん、エラ・クイン」

エラ・クインは悲しそうに笑うと、いいよって感じで手を振《ふ》ったけど、それでも気まずい思いは消えなかった。

計画の次のステップを決めるのには、丸一日かかった。

とうぜんだけど、タイラーはもうあたしにはなにも話さなかったから、最近はだれのこと気に入ってんの？みたいに直接きくわけにはいかない。それどころか、タイラーは毎日少しずつ、あたしから机を離《はな》してるくらいだ。ほんの一センチとかそのくらいずつなので、A先生もしばらくは気づかなかった。でも、あたしはちゃんと気づいてた。あたしはそういうことに気づくタイプなのだ。

水曜日の朝にも、ひとつ気づいた。タイラーが、いまだにあたしと名字の頭文字が同じで、いまだにあたしの隣《となり》にすわらなきゃいけないことが許せないって感じで、不機嫌《ふきげん》そうに席に着いたときだった。手首になにもはめていなかったのだ。

タイラーのことを知ってからこれまでずっと、タイラーの手首にはいつもブルーのゴムバンドがはめられていた。真ん中のお兄さんが癌《がん》サバイバーで、タイラーが小さいころ、家族で募金《ぼきん》集めをしたのだ。タイラーがバンドを外すことはほとんどなかった。去年の水泳の授業のときもつけていたくらいだ（あたしが同じ水泳の授業を取っていたことを、タイラーが本当に気づいてなかったのかどうかはわからない。あたしより2つ下のレベルのクラスだったのを恥《は》ずかしいと思ってたかどうかもわからない。けど、とにかくタイラーは、週に一度、あたしとプールで顔を合わせてたっていう事実に一度も触《ふ》れなかった）。

ところが、だ。本気で女子の気を引こうとしてるとき、タイラーは相手の子にそのバンドを貸してあげることがあった。バンドは特別なものだって言うと、（本当は、しょっちゅう切ってたけど、タイラーのお母さんが募金《ぼきん》のときの残りのバンドを袋《ふくろ》にいっぱい持っていたから、すぐに新しいものに取り換《か》えていた）、相手の女子はそんな大切なものを預けてくれるなんて自分はタイラーにとって特別なんだって思っちゃうわけ。

タイラーがバンドをはめてないってことは、学校の女子のだれかがつけてるってことだ。

というわけで、ライリーとエラ・クインとあたしは科学の授業でいつもの席にすわって首を伸《の》ばし、ブルーのゴムバンドをはめている女子を探していた。ヘイグ先生はまだきていなかったので、エラ・クインとライリーは席にすわったままこっちを振《ふ》り返って、三人で計画を練った。

「今日はたまたまはめるのを忘れただけってことはないの？」ライリーがきいた。これは極秘のミッションだし、小さな声で話そうとしてたけど、先生がいない教室で、みんなが好きなだけ大声を出しても平気だと思ってる状態では、そうとう難しかった。

「それはない」エラ・クインとあたしは同時に答えた。

「タイラーはぜったいあのバンドを外さなかったもん。去年、休み時間に落としたことがあってね、ずっといっしょに探してあげなきゃいけなかったんだから」エラ・クインが言った。

「外すとしても、一日だけなんだよ。女子にはめさせてあげるときもね。バンドをつけずに帰ると、お母さんが死ぬほど怒《おこ》るんだって。タイラーがバンドを丁寧《ていねい》に扱《あつか》ってないと思うと、すごく腹を立てるらしい」

ふいにライリーの目が見開かれた。そして、右のほうへクイッと頭を傾《かたむ》けた。

そっちの方を見て、思わずさけびそうになった。あたしたちは教室を見回すのに忙《いそが》しくて、ブルックリン・ケインがそばかすだらけの手首にそれを誇《ほこ》らしげにはめているのに、気づかなかったのだ。

ブルックリン・ケインはあたしのすぐ隣《となり》にすわっていた。

あたしたち三人は思わず顔を見合わせた。こういう状況《じょうきょう》ではどうするのがいいんだろう？　ブルックリンに今の話は聞こえていただろうか。ブルックリンが聞こえてたって言わないかぎり、聞こえてなかったこと前提で話しかけたほうがいい？

「今日の髪型《かみがた》すてきだね」エラ・クインが明るい声で言ったので、ライリーとあたしはビクッとした。エラ・クインがどんなときでも魅力的《みりょくてき》にふるまえることに、やっぱりライリーも感心してるんだと思うと、なぜかうれしかった。

ブルックリンは照れたように鮮《あざ》やかなオレンジ色の髪《かみ》に触《ふ》れた。編みこみにしてあるのを見て、ちょっとはエラ・クインの影響《えいきょう》だよね、と思う。

「ありがとう」ブルックリンは言った。

「そのバンド、どこかで見たことある気がする」エラ・クインは考えてるふりをした。

エラ・クインには得意なことがたくさんあるけど、その中に演技は含《ふく》まれないらしい。

「えっ」ブルックリンは真っ赤になった。ブルックリンみたいに真っ白い肌《はだ》だと、簡単に真っ赤になってしまう。「実はこれ、えっと、タイラーの？　かな？　それいいねって言ったら、今日一日貸してくれるって言われて」

出た、タイラー。

「いいね」エラ・クインがほほえんだ。ブルックリンのほうは、エラ・クインはどういうつもりだろうって思ってるのが伝わってくる。タイラーの元カノが、新しい彼女《かのじょ》がバンドをつけているのを気にするふうもないって、どういうこと？　って思ってるんだと思う。うちの学校じゃ、カップルなんて長くて二週間くらいしかつづかないのに、二十一世紀が終わるまで忘れてもらえないらしい。

ブルックリンはまた科学のノートを見ているふりをはじめた。ブルックリンは、このクラスにはあまり友だちがいない。そもそも、だからあたしと隣《となり》同士ですわることになったのだ。ブルックリンと話すなら、今以上にいいタイミングはない。タイラーはこの時間、科学の授業を取っていないし、ブルックリンも友だちが待ってるから、とか言い訳できない。でも、エラ・クインとライリーはこのあとどう進めていいか、戸惑《とまど》ってるみたいだ。

あたしは、深く、深く、息を吸いこんだ。あたしの内なるエラ・クインに乗りうつってもらわなきゃならない。

「ねえ、ブルックリン、すぐ終わるから、ちょっと話ができないかな？」

第二〇章

ブルックリンは、エラ・クインのスマホの画面を長いあいだ見ていた。それからようやく言った。

「ほんと、ひどい。だけど……送ったのがタイラーかどうかはわからないよね？」

あたしたちは一世一代のスピーチをして、ブリックリンに知っていることをすべて伝えた。つまり、タイラーは最低だってこと、証拠《しょうこ》はあるということ、タイラーがこんなことをつづけられないようにしたいこと、それを手伝ってくれるかってこと。ただし、マヤと話したときとちがうのは、スピーチの最後に、笑えるセリフを加えてみたこと。「よって、汝《なんじ》、この世界に存在する善きもの、純粋《じゅんすい》なるものすべてを愛するならば、あの男子とだけは付き合うことなかれ！」

ブルックリンはあたしたちが話しているあいだ、耳を傾《かたむ》けていた。今の時点では、それ自体、勝利だって思った。特に、会話をはじめたのがあたしだったし。ざっくり言って、オークリッジ校は、「だって、あたしの名前も知らないだろうし」みたいなことが言える学校とはちがう。規模は大きくないから、それは通用しない。とはいえ、ブルックリンとは今学期のはじめからずっと科学の授業で隣《となり》同士だったのに、「鉛筆《えんぴつ》貸して」的なこと以外、話しかけられたことはなかった。

「あたし、まえはタイラーと毎日しゃべってたんだ。メッセージの中に、まちがいがあるのわかる？　『非可能』って。これって、タイラーのやるミスなんだ。まえに本人にもまちがってるって指摘《してき》したことがある。だいたい、このメッセージのことを話したとき、タイラーは否定しなかったんだよ。むしろ、自慢《じまん》に思ってるみたいだった」

「だとしても――」ブルックリンは下唇《したくちびる》を噛《か》んだ。「どうしても信じられない。ごめんね、エラ・クイン。だけど、タイラーが付き合ってたのはエラ・クインだけじゃない。こんなことしてるなら、今ごろ大々的に反タイラー同盟みたいのができて、タイラーがひどいやつだってことを言いふらしてるはずだよね？　タイラーがエラ・クインだけにこんなことしてるって、おかしくない？」

「ほかの子にもしてるんだってば」ライリーがイライラしてきたのがわかったので、あたしは脚《あし》を伸《の》ばして、ライリーの足をそっとつついた。触《ふ》れるか触《ふ》れないかくらいだったのに、ライリーはビクンとした。

「だれ？」ブルックリンは身を乗り出した。

マヤの名前は出せないのはわかっていた。巻きこまないでほしいとはっきり言われたのだから。

ベラはそういうことは言ってなかった。でも、ベラは、この件をウェスト校長のところへ持っていくなら、応援《おうえん》すると言っただけだ。**いいよ、好きにみんなに話していいよ。このことは超《ちょう》気まずかったし、何か月も隠《かく》してきたけど**とは、一言も言ってない。

「それは言えないの。でも、わたしたちを信じてほしい」エラ・クインは言った。

ブルックリンはうなずいたけど、「わかった、信じる」って感じではなかった。

そのころには、ほかの生徒たちも教室に入ってきて、ヘイグ先生がいつ現われてもおかしくない状況《じょうきょう》だった。あたしたち四人はしんとなって、互《たが》いのようすをうかがった。

「遅《おく》れてごめんなさい」ヘイグ先生が教室に入ってきて、みんなはぱっと背筋を伸《の》ばした。

全員がおしゃべりをやめて教室の前を向く。あたしはがっかりした。

「教えてくれてありがとう、エラ・クイン」ブルックリンが小声で言った。ヘイグ先生がもう話しはじめていたからだ。なにをって……えっと、科学っぽい話？

あと十秒でエラ・クインとライリーも前を向かないと、ヘイグ先生に叱《しか》られる。エラ・

クインはひどく打ちひしがれた顔をしていた。また信じてもらえなかったのだ。

「きっとうまくいくよ」あたしは言った。

エラ・クインはほほえもうとしたけど、うまくいかなかった。エラ・クインとライリーは前を向いたけど、エラ・クインの肩《かた》はまるまっていた。

きっとうまくいく。

「きっとうまくいく」みたいなことを言ったときって、めったにうまくいかない。だよね？
その日の放課後、三人でバスを待っているときに、それは証明された。校舎からA先生が出てきて、バスを待っている生徒たちに目を走らせた。嫌《いや》な予感がこみあげてくる。ときどきある、妙《みょう》な霊感《れいかん》が働くケースだ。A先生が探してるのはあたしで、理由はいいことじゃない、ってなぜかわかった。
案の定、A先生はあたしを見つけると、こっちへ歩いてきた。顔には笑みを浮《う》かべてるけど、どこかぎこちない。

「ヘイゼル、ウェスト校長先生にあなたを探してきてって言われたの。校長室でちょっと話したいことがあるんですって」

Ａ先生は小さな声でそう言った。たぶん、みんなに聞こえないようにって思ってくれたんだと思う。だれかが校長室へ呼ばれたときの超《ちょう》ウザい「うわー、かわいそー」の合唱が起こらないように。でも、問題は、Ａ先生が帰りのバスの時間に校庭に出てくること自体ないってことだ。だから、みんな、めっちゃ耳を澄《す》ましてて、けっきょく「うわー、かわいそー」の大合唱になった。

エラ・クインも聞いてたけど、それは、あたしのすぐ横に立ってたからだ。エラ・クインはＡ先生のほうを見て、きいた。「校長先生はヘイゼルって言ったんですか？　わたしのことは？　わたしのことも呼んでるんじゃないかと思うんですが」

Ａ先生は眉根《まゆね》をよせた。「ごめんなさい、エラ。今日はヘイゼルだけよ。あとで、ヘイゼルにぜんぶ聞けばいいわ」

「バスはどうすれば？」あたしはきいた。

「そんなにかからないはずよ。バスは待ってくれるでしょう」

わ、最低。つまり、あたしが最後にバスに乗るときには、全員が校長室に呼ばれたことを知ってるってことだ。地味で影《かげ》の薄《うす》いヘイゼルとはお別れかも。

この月曜日まで、あたしは先生に用事を頼《たの》まれたとき以外、一人で校長室へいったことなんてなかった。いまだに慣れない。校長室に呼び出されたとなると、廊下《ろうか》もいつもより長く、怖《こわ》く、静かに感じる。

ヴィッカーズさんはあたしがくるのを知っていたらしく、パソコンのソリティアの画面から顔もあげずに、いけというように校長の部屋のほうへ手を振《ふ》った。このあいだと同じようなことになると思っていた。小言を食らうに決まってる。

ところが、ウェスト校長はあたしを見ると、にっこりほほえんだ。目の前には、器が置いてあって、固くなってそうなジェリービーンズが入ってる。

おとぎ話はばっちり読んでたから、いじわるなおばあさんがお菓子《かし》をくれるときは罠《わな》だと知っていた。

「おすわりなさい、ヘイゼル」ウェスト校長は言った。「へえ、あたしの名前をご存じだったんですね!」って言いたい衝動《しょうどう》に駆《か》られる。前回、ぜんぶエラ・クインのせいにしたときは、あたしがだれだかわかってなさそうだった。

「あなたを教えている先生たちと話したんですよ。おもしろいことにね、この校長室にくる生徒のことは、たいていの場合、よく知ってるんです。わたしの言いたいことはわかりますよね？」

「はい」

「そういう生徒たちは……いえ、もちろん、劣等生《れっとうせい》だとは言いません。でも、あなたのような生徒を優等生と言うとしたら、その子たちのことはどう呼べばいいのかしらね？」

そう言って、ウェスト校長はウィンクした。校長があたしにウィンク！　とりあえず黙《だま》っておこうと思った。もう小学生じゃない。相手がいかにも仲よさそうにふるまってくる場合、だれかの噂《うわさ》を聞きだそうとしてるってことくらい、見分けられる。

「でもね、このあいだ校長室で話したとき、あなたのことは知らなかったんです。だから、先生方にきいてみたのよ。そうしたら、びっくりしました。あなたを教えている先生方はみんな、あなたについていいことしかおっしゃらなかったんですから。とても勉強熱心だし、いつもほかの生徒たちに手を貸していると聞きました。親切で礼儀正《れいぎただ》しいとも。特に担任の先生は、いじめに関わるような生徒とは思えないとおっしゃいました」

それを聞いて、ほんの少し胸が痛んだ。A先生はあたしのために立場を危険にさらす必要なんてなかったのに。

「ですから、最近、あなたの状況《じょうきょう》で変化したことがあるかをたずねてみたんです」ウェスト校長は完全に自分に酔《よ》っていた。あたしが部屋を出ていってても気づかないんじゃないかってくらい。大人っていうのは、一人で滔々《とうとう》としゃべるのが好きなのだ。「それで、なにがわかったと思いますか？」

あたしは肩《かた》をすくめた。

「先生方は、あなたが最近エラ・クインといっしょにいることが増えたと教えてくださいました。それはまちがいないかしら？」

あたしはまた肩《かた》をすくめた。なんだかむかしの刑事《けいじ》ドラマみたいだ。照明を顔にあてられて、「おれはやってない、無実だ！」ってさけんでる感じ。

「エラ・クインは優等生じゃないんですか？　去年、スピーチコンテストでも優勝しましたよね？」

ウェスト校長は一瞬《いっしゅん》、考えた。「そうね、でも、すべてのことが白黒つけられるわけじゃないんです」

たった今、優等生と劣等生《れっとうせい》の話をしたときは、すべては白か黒かってことだったよね？

「生徒が活発になるというのは、いつでもいいことだと思っています。そのためにミドルスクールがあるんですものね？　新しい友だちができるのは、たいていはすばらしいことよね」

それから一分ほど、どちらもしゃべらなかった。

だから、あたしのほうから水を向けた。「でも、そうでないことも?」

ウェスト校長はこわばった笑みを浮《う》かべた。「でも、新しい友だちの、その……影響《えいきょう》で、もともとはしなかったようなことをしてしまうこともある。そういう場合、悪いのはあなたじゃないんですよ!」

「あたしは罰《ばつ》を受けるんですか?」あたしはきいた。

ウェスト校長は首を横に振《ふ》った。「もちろん、そんなことありませんよ! わたしはただあなたと話したかったんです。何人かの生徒が、エラ・クインがタイラー・ハリスについてのうわさを広めているのが心配だと話してくれました。この件に関しては、わたしたちは出だしでつまずいてしまったけれど、ちゃんと伝えておきたかったのよ。なにか話したいことがあれば、いつでも相談に乗りますからね」

あたしはじっと考えた。ウェスト校長はそれをいい兆候だと思ったらしい。笑みがどんどん大きく、どんどんうそくさくなっていく。

「その『心配だと話してくれた』っていう生徒は、だれですか? ブルックリンですか?」

あたしはきいた。

「それを言えないのは、あなたもわかりますよね?」ウェスト校長の笑みがまたこわばってきた。

先週を通して、あたしはいくつか貴重な教訓を学んだ。そのうちひとつは、怒《いか》りをのみこむべきときを心得るということだ。たとえそれが、皮膚《ひふ》に穴をあけるほど、ウェスト校長の校長室の壁《かべ》に穴をあけるほど、激しいものだとしても。ウェスト校長が、ライリーじゃなくてあたしをここに呼んだのには理由がある。手なづけられるとしたら、あたしのほうだと思ったからだ。やさしく接して、ジェリービーンズでもやっておけば、すぐに寝《ね》返《がえ》って、聞きたいことをぜんぶしゃべるだろうって。タイラーについての話を聞こうとしてるんじゃない。あたしの考えを変えようとしてるのだ。

「あたしは罰《ばつ》を受けるわけじゃないんですよね？」あたしはまたきいた。わめきださないようこらえているせいで、声がかすれる。

「もちろんですよ、ヘイゼル！」

「わかりました。だとしたら、お話しすることはなにもありません」

あたしが立ちあがっても、ウェスト校長は止めようとはしなかった。

外に出たころには、もうほかのバスはすべて出発していた。A先生はあたしの乗るバスの横で待っていてくれていた。その姿を見て、ほっと小さく息を吐《は》く。クリスタルのイライラ度は、大人がいるときのほうが多少は減る。

「大丈夫《だいじょうぶ》？」A先生はあたしを見ると、言った。

「大丈夫《だいじょうぶ》です」ぼそっと言って、重い足取りでバスに乗った。クリスタルは、あたしが階段を登りきるのも待たずにドアを閉め、バスを発進させた。きっとバスの運転手以外の人生はそうとう充実《じゅうじつ》してるんだろう。仕事が終わると、いつもめちゃうきうきしてるから。

エラ・クインとライリーは、最近、三人ですわるようになったタイヤの上の座席で待ち構えていた。あたしを見ると、さっと詰《つ》めて、空いた場所をポンポンと叩《たた》く。二人掛《が》けの座席に三人ですわることは禁止されてるけど、クリスタルは超特急《ちょうとっきゅう》で町を回ることで頭がいっぱいで気づかなかった。

「なんだったの？」ライリーにきかれたとたん、あたしは爆発《ばくはつ》した。

あたしはなにもかもぶちまけた。ウェスト校長が言ったことを一言も漏《も》らさず繰《く》り返し、言えばよかったのに言えなかったことをありったけ並べる。

話し終わると（比喩《ひゆ》でなく、息切れしてた）、ライリーはおもむろに言った。「そうか。わめきちらしながらバスに乗ってこなかっただけでも、めちゃめちゃえらい」

「ほんとにごめん」エラ・クインは言った。今にも泣きそうな顔を見て、あたしは焦《あせ》った。自分で思ってたよりは友だち付き合い下手《べた》じゃなかったかもしれないけど、泣いてる友だちへの接し方はまだわからない。それって、難易度が高い。

「エラ・クインのせいじゃないって！」もう一億回くらい言ってる気がする。エラ・クインはしょげかえって、ライリーの肩《かた》に頭をのせた。それから、バス停を二つ過ぎるまで、三人とも一言も口をきかなかった。

「金曜日の夜、うちに泊《と》まりにこない？」あたしは言った。

え？　いきなりなんであたしはこんなことを言ってんの？

お泊《と》まり会を一回やっただけで、友だち関係の問題はすべて解決、とか思ってるわけ？

ところが、エラ・クインはすぐさま答えた。「うん、うれしい。今週はなにか楽しいことがないとやってられない。じゃないと、夢も希望もなくなりそう」

「いろいろあってもエラがまだまともでよかった」ライリーが言うと、エラ・クインは笑った。心から。それって、今回のことが始まってから初めてのような気がする。

それから、ライリーはあたしに向かって言った。「今週末は、うちの親とおばあちゃんのところへいく予定なんだ。だけど、二人でやって！　写メしてね。もしタイラーの家に卵をぶつけたせいでエラが逮捕《たいほ》されたら、電話して」

「それなら大丈夫《だいじょうぶ》。やるなら、あいつの家をトイレットペーパーでぐるぐる巻きにするから」＊

＊　卵もトイレットペーパーもアメリカでよくあるいたずらだが、前者は逮捕《たいほ》されるが、後者はされない

第二十一章

「うちのママ、ヘイゼルのことお気に入りなんだって」

金曜日の夜、玄関《げんかん》のドアを開けて最初にエラ・クインが言ったのが、それだった。エラ・クインは片方の肩《かた》にピンクのリュックをかけていて、お母さんはシルバーのミニバンの窓から手を振《ふ》ると、帰っていった。まともに考えたら、頭がこんがらかりそう――たった一週間かそこらまえまで、宿敵だと思ってたくせに、今じゃ、車から降りてきたエラ・クインを見て、こんなにうれしいんだから。

「今週末に遊ぶのを許してくれるよう、ママを説得するのは、大変だったんだ。一週間の自習室送りなんて、わたしはとんでもない不良で、将来は少年院送りとかそんなのになるに決まってるとか言って」エラ・クインはうんざりって顔をした。「だけど、ママはヘイゼルのこと、いい影響《えいきょう》を与《あた》えてくれるって思ってて、だから、こられたの。いい影響《えいきょう》よろしく！」

あたしは顔をしかめたんだと思う。だって、エラ・クインが笑いながら言ったから。

「やだ、ヘイゼル。ジョークだから。もういい影響《えいきょう》くれてるもん。今週末やることがあって、本当にうれしいの。じゃなきゃ、部屋で一日中、スピーチの練習と、タイラーのことで怒《おこ》って泣くのを繰《く》り返してたに決まってるんだから」

校長室に呼ばれたあと、金曜日までは妙《みょう》な日がつづいた。タイラーはもうちょっかいは出してこなかったけど、勝ったって気はしなかった。タイラーは教室の隅《すみ》に陣取《じんど》って、機会があるごとにあたしをにらんできた。もっと嫌《いや》だったのは、ケイデンと二人でくっついて、ケイデンがしょっちゅうこっちを見てきたこと。あれって、脅《おど》しってこと？

タイラーたちがなにもしてこなかったのは、あたしたちの力じゃない。むしろ、もっとひどいことをするチャンスを狙《ねら》ってるような気がする。

それに、同じクラスに友だちがいないってことをひしひしと感じたのも、初めてだった。今学年の最初、新しいクラスが発表されたとき、あたし以外のみんなが、友だちとクラスが離《はな》れたって大騒《おおさわ》ぎしてるように見えて、あきれたのを覚えている。担任が椅子《いす》投げピッツ先生じゃなくてA先生だったのに、騒《さわ》ぐってどういうこと？　そのときは、みんな大げさだって思ってたけど、今では、ある意味、理解できる。タイラー・ハリスが、あたしの人生を破滅《はめつ》させる方法を百万通りくらい考えてるって顔でこっちを見てくるときに、そばに友だちがいれば心強かったのに。せめて、タイラー・ハリスに人の人生を破滅《はめつ》させる力なんてないよって言ってくれる人がいれば。

「いらっしゃい、エラ・クイン！」うしろからお父さんがきて、大きな声で言った。あたしがエラ・クインを連れていくまで、キッチンで待ってるって約束したのに。うちの親に会わせるときは、慎重《しんちょう》にやらなければならない。少なくとも、あたしはそう思ってる。今回のお泊《と》まり会の前に家族会議をしたのは、いいアイデアだと思ったんだけど。「よくきたね、エラ・クイン！」

エラ・クインは笑った。「ただのエラでいいです」

あたしは真っ赤になった。みんな、エラ・クインのことをエラ・クインって呼んでる。もちろんライリーはそうじゃないけど、それは別だし。だよね？　ライリーとエラ・クインは親友なんだから。でも、ほかのみんながエラ・クインのことをフルネームで呼ぶのはとうぜんって感じになってる。

って思ってたけど、急にそうかなって不安になりはじめた。エラ・クインは——エラは、いまだにあたしがエラ・クインって呼んでるのはよそよそしくて変だって思ってるかな？　思ってるとしたら、今さらどうやって変えればいいんだろう？　いきなり変えたら、よけい変じゃない？

考えすぎ？

「そうか、じゃあ、よくきたね、ただのエラ」お父さんは言った。

どうしてお父さんってこうなんだろう⁉　顔をかきむしりたい衝動《しょうどう》をなんとか抑《おさ》える。

「二階にいくから」お父さんがこれ以上エラ・クインになにか言うまえに（それどころか、いろいろ質問しはじめる危険性もある）、あたしはお父さんの横をすり抜《ぬ》けて、エラ・クインがついてきているかどうかも確かめずに階段を駆《か》けのぼった。部屋までいって振《ふ》り返ると、エラ・クインがちゃんといたのでほっとした。

「お父さん、いい人そうね」エラ・クインは言った。

「まあね」あたしはうなずいた。「変わってるけど、まあ……悪くはないよ」

「よっしゃ！」下からお父さんの声がした。つまり、どこかのヤバい人みたいに立ち聞きしてたってことだ。死にそう。

部屋のドアを開けると、エラ・クインを中へ押《お》しこんだ。一刻も早くお父さんから離《はな》れないと。

あたしの部屋は、エラ・クインの部屋よりずっと狭《せま》かった。ローワンが生まれると聞いたとき、これでやっと一人っ子から脱《だっ》せられると舞《ま》いあがったあたしはつい、あたしの部屋をローワンにあげると言ってしまった。あのときはすっかり甘《あま》くなっていたのだ。

　というわけで、今、元のあたしの部屋はローワンが使っていた。それで部屋の壁《かべ》を薄《うす》い黄色に塗《ぬ》り替《か》えたんだけど、あたしの部屋までは手が回らなかったので、壁《かべ》は真っ白いままで、一年経とうとしている今になっても、自分の部屋っていう感じがしなかった。どっちかっていうと、ホテルとか、親戚《しんせき》の家にいったときに泊《と》まる部屋みたいだ。今回、お父さんが〈ターゲット〉*に連れていってくれて、鮮《あざ》やかなブルーに白い水玉のベッドカバーだけは買った。お父さんは本棚《ほんだな》も作ってくれるって言ってたけど、やっぱり時間がなくて、本は部屋のあちこちに重ねたままだ。たまに夜、崩《くず》れて、心臓発作を起こしそうになる。今、流行《はや》りの「持続可能」じゃないわけ。

「すっごく居心地がいいね」エラ・クインは部屋を見回して、言った。

だれかが「落ち着くね！」みたいなことを言った場合、たいていそれは狭《せま》いねっていう意味だって知ってたけど、エラ・クインのはそうは聞こえなかった。エラ・クインはベッドの上にすわって言った。「わー、すごくやわらかい！　どこで買ったの？」なんだか、この部屋にすごくなじんでた。

お泊《と》まりに関するあたしの理解にまちがいがあるのか、エラ・クインとあたしが単につまらないのか、今夜は、十一時半には二人ともだんだんぼーっとしてきて、エラはベッドの横に敷《し》いたふとんにぬくぬくとくるまった。ベッドでいっしょに寝《ね》ようって言ったほうがいいんだろうか？　でも、もともとあたし一人でもちょっと狭《せま》めだし、エラ・クインはこれまであたしが女子を好きなことについて意地悪なことはなにも言ってない（し、これからも言わないと思う）けど、それと、あたしと体がくっついても平気かどうかは別って気がした。

　でも、別じゃないのかも。っていうのも、そろそろ寝《ね》ようってことになるまえまで、あたしのボロいノートパソコンでネットフリックスを見てたんだけど、そのあいだじゅう、

＊　チェーン店のスーパーマーケット

エラ・クインはあたしといっしょにベッドの上にごろんとねっころがってたし、脚《あし》をあたしの腰《こし》にのっけて、足の先をベッドのへりにひっかけていた。だから、やっぱりこの件でも、あたしは心配しなくていいことを心配してたのかもしれない。

あたしはあっという間に眠《ねむ》った。今週は毎晩、ふだんよりも早く寝《ね》ていた。エラ・クインもそうとう疲《つか》れているみたいだった。やっぱりあたしみたいに感じてるんだろうか？　次にどうなるかずっと身構えてて、くたびれ切ってる？　また自習室送りになるかも、またタイラーがなにかしてくるかもって？　あたし自身は、起きてるときは百パーセント警《けい》戒《かい》態勢に入ってる。この一週間、寝《ね》るときが一日のハイライトだったかも。

ところが、タイラーが巨大《きょだい》なニワトリに変身するっていう最高にスカッとする夢を見はじめたところで、ローワンが泣きだした。

ローワンはしょっちゅう泣くし、生まれた時点で、それはわかってた。泣くのが赤ん坊《ぼう》の仕事なのだ。それは、わかってる！　ずっと超《ちょう》静かで超《ちょう》おとなしいなんてだれも言ってないし、赤ん坊《ぼう》との接し方くらいわかる年齢《ねんれい》だし。どっちにしろ、ふだんはローワンが泣いても寝《ね》ていられる。ローワンが泣くと、お父さんとお母さんがあやして、それからみんなでまた寝《ね》る。ローワンももうすぐ一歳《さい》だし、生まれたころと比べると、はるかにましだ。

でも、たまに泣き止《や》まないときがある。どうしてかも、お父さんとお母さんがどうやってあやしてるのかも、なにが問題なのかも、わからないけど、とにかく一度泣きはじめるとわめきつづけて、本人が止《や》めようと思うまで止《や》まない。一時間で終わるときもあれば、三日つづくこともある。

ローワンが泣きはじめたとたん、そっちのパターンだってわかった。独特のかん高い声を張りあげるから、すぐにわかる。例えて言うなら、壁《かべ》に投げつけられた猫《ねこ》が反撃《はんげき》してくるような感じ。あたしは寝返《ねがえ》りを打って、枕《まくら》の下に頭を突《つ》っこみ、エラ・クインが眠《ねむ》りの深いタイプで、気づかないことを祈《いの》った。

ローワンは一時間あまり泣いたり泣き止《や》んだりを繰《く》り返した。そのあいだ、あたしは横になって眠《ねむ》ってるふりをしながら、エラ・クインが起きた気配はないか、耳をすませていた。お父さんとお母さんがローワンをあやしているのが聞こえる。歌を歌ったり、ローワンを黙《だま》らせるのにできることを片《かた》っ端《ぱし》からやってる。お父さんとお母さんのせいじゃないのはわかってるけど、そもそもローワンが生まれたのは二人のせいだ。ってことは、今の状態もやっぱり、二人のせいとも言える。あたしは二人を呪《のろ》った。

夜中の一時をまわろうってときも、ローワンはまだ泣いていた。すると、エラ・クインが毛布の中で寝返《ねがえ》りを打ったのがわかった。

「バカな質問だってわかってるんだけど、起きてる?」あたしは暗闇《くらやみ》に向かって言った。

エラ・クインが笑いだした。つられてあたしも笑い、それから二人で、ローワンの泣き声がどんどん、みるみる、ぐんぐん大きくなっていく中、笑い転げた。

「わたしにはお姉ちゃんしかいないんだけど、お姉ちゃんたちに謝らなきゃって思ってたとこ。わたしが赤ちゃんのとき、これに耐《た》えてたってことだもんね？」

「ごめん」あたしは言った。

「ヘイゼルのせいじゃないもん！　毎晩こんな感じなの？　それでも学校で勉強ができるなんてすごすぎ」

あたしはニカッと笑った。エラ・クインはもう宿敵じゃないかもしれないけど、それでも勉強ができるって言われるのは気分がいい。

「毎晩じゃないよ。ふだんはまたすぐ寝《ね》るから。でも、たまにね……」

「こういうふうになったときは、どうしてるの？」

顔にじわじわと笑みが広がるのがわかった。

「ホットケーキ、好き？」

第二十二章

ローワンが生後二か月になったころ、キッチンにいれば、泣き声がそんなに聞こえないってことに気づいた。キッチンは一階の奥《おく》だし、ローワンの部屋は家の正面側の二階にある。つまり、金切り声から、可能なかぎり一番遠い場所ってこと。まったく聞こえないわけじゃない――耳をすませば、まだ声は聞こえる。でも、廊下《ろうか》を隔《へだ》てたすぐ隣《となり》にいるよりはまちがいなくマシ。特に泣き声で壁《かべ》が揺《ゆ》れてるんじゃないかってときはそう。赤ん坊《ぼう》のくせに肺が強すぎ。

朝、起きてきたうちの親が、キッチンのテーブルで眠《ねむ》ってるあたしを見つけたのは一度や二度じゃない。髪《かみ》にはメープルシロップがくっついて、溶《と》けたホイップクリームが足元で水たまりになってても、見逃《みのが》してくれるのは、基本、自分たちのせいだってわかってるからだと思う。

真夜中にキッチンでできることなんて、たいしてない。あたしの場合、友だちにメッセージを送れるわけでもないし。先週まで、スマホの連絡先《れんらくさき》には三人しか登録されてなかった。そのうち一人はおじいちゃん。というわけで、だったら、通常キッチンでやることをやればいいんだ、って思いついたのが最初。

たまたまホットケーキの作り方を習ったばかりで、一人で作ることのできるもので、真夜中に食べてもおいしいものっていったら、それしかなかった。

お母さんがバレてないと思ってるおやつの隠《かく》し場所から、まだ開いていないチョコチップの袋《ふくろ》を見つけてきて、そのうち半分を生地に入れる。許してくれるはず。だって、あたしたちが眠《ねむ》れないのは、お母さんの生んだ赤ん坊《ぼう》のせいだし、それを言うなら、エラ・クインをお泊《と》まりに呼んでいいかってきいたとき、お母さんは本当に泣いたんだから。キッチンはそうとう散らかるけど、あとで片づければいいし、どっちにしろ、友だちを作るってことに異様にこだわってたのはお母さんたちのほうだ。だから、こうなったのはやっぱりお母さんたちのせい。

「確かあったはず……あった！」冷蔵庫の中をあさると、ホイップクリームのスプレー缶《かん》が見つかった。賞味期限をチェックすると、ホイップクリーム缶《かん》の賞味期限ってめっちゃ長いことが判明した。むしろ、そのことのほうが不安かも。「はい、開けて」

エラ・クインが口を開けると、あたしはホイップクリームを噴射《ふんしゃ》した。すぐに口からクリームがあふれ出し、エラ・クインは頭をのけぞらせてこぼすまいとしたけど、けっきょくは床《ゆか》に飛び散って、エラ・クインは笑いすぎて鼻をフガッと鳴らした。エラ・クインがペーパータオルを取って、床《ゆか》をふいてるあいだ、二階でお父さんたちが疲《つか》れ切ってベッドに倒《たお》れこむ音が聞こえた。

ホットケーキ祭りは初めてじゃなかったから、自分で言うのもなんだけど、ぜんぶがとてもうまく焼けた（ちなみに、一枚目の焦《こ》げたやつのことは抜《ぬ》き。一枚目はカウントしないのは、ホットケーキ作りのお約束だから）。エラ・クインが手伝おうかって言ったので、生地の入ったボウルを渡《わた》したら、三回連続で焦《こ》がした。

「もっと簡単だと思ってたけど、実際やるとちがうね」エラ・クインはけらけら笑った。

これって、ある意味衝撃《しょうげき》だった。もしあたしがエラ・クインのうちへいって、ホットケーキを何枚も焦《こ》がしたりしたら、少なくとも一週間は自分を責めつづけると思う。あたしはバカだ、エラ・クインに笑われる、ってきっと思いこむ。でも、じゃあ、今はどうかと言えば、エラ・クインのことをバカだなんて思わないし、笑ったりもしてない。

エラ・クインとあたしの一番のちがいは自信なのかも。でも、今は、これ以上考えるのはやめとく。

キッチンのテーブルにすわって、ホットケーキにかぶりついた。そもそもお腹なんて空《す》いてなかったけど、真夜中にこんなことをしてるって思うとなぜか、よけいに楽しかった。ローワン提供のアイスクリームパーティがしょっちゅう開かれているおかげで、トッピングには事欠かなかった。チョコレートソースにカラメルソース、ミニマシュマロに追加分のチョコレートチップ、チョコレートスプレッドもある。エラ・クインは完全におかしくなってて、ずらりと並んだものを片っ端《かたぱし》からホットケーキにかけた。ぜったいホットケーキよりもチョコのほうが多い（理想的な比率）。あたしはといえば、気がついたら、それが仕事だってみたいにホットケーキを切りきざんでいた。

「呼んでくれてありがとね」エラ・クインはお皿を見たまま、口いっぱいにホットケーキをほおばって言った。

「こっちこそ、弟が一時間も耳元でさけびつづけても嫌《きら》いにならないでくれてありがとね」

エラ・クインはちょっと笑ったけど、それから、みるみる顔が曇《くも》った。唇《くちびる》がわななき、**わ、どうしよう、もしかして泣く？　こういうとき、どうすればいいの？**って思った次の瞬間《しゅんかん》、涙《なみだ》の最初の一粒《つぶ》が、エラ・クインの頬《ほお》を伝い落ちた。

ライリーがいてくれたら。ライリーなら、友だちとの付き合い方を知ってる。ライリーなら、エラ・クインのことがわかってる。きっとなんて言えばいいか、どうすればうまくいくようにできるか、わかってる。あたしはまだその友だちレベルに達してない。達してるとは思えない。

「大丈夫《だいじょうぶ》？」あたしはきいた。バカな質問だ。だって、エラ・クインは**夜中の二時にうちのキッチンのテーブルで泣いていて、鼻をぐずぐずさせてて、鼻からチョコレートソースが出てきてるんだから**。

エラ・クインはうなずいて、涙《なみだ》をぬぐった。

「ごめん。今週は……長かったから」

本当にそうだ。あたしだってそう思うのに、エラ・クインにとっては、くらべものにならないくらい長く感じられたにちがいない。あたしは関係者ってくらいのものだけど、エラ・クインは当事者としてこれぜんぶに耐《た》えてるんだから。

「ただひどすぎるって思って」エラ・クインの目にまた涙《なみだ》があふれた。「どうしてわたしたちの話を聞いてくれないの？」

正直、どうしてエラ・クインがもっと怒《おこ》らないのかわからなかった。どうして今週、こんなふうに泣かなかったのか。どうしてタイラーを泥水《どろみず》の中に突《つ》き飛ばしてやらなかったのか。この一週間だけじゃない。この一年、どうしてなにもしなかったのか。手に持ってるフォークがいきなり重くなる。大人がみんな本気で考えてくれるわけじゃないってことに気づいたから。そう、本当の意味で気づいてしまったから。まえはわかっていなかったことを、わかってしまったから。金曜日の夜に気づくには、重たすぎた（厳密に言えば、土曜の朝だけど）。

「無理やりにでも聞かせなきゃ。なにか方法があるはずだよ」あたしは言った。

「どうやって？　まじめな話、それって確かにそうなんだけど、でも、なにが起こっているのか知ってても、そう、わたしが面と向かってどういうことか説明しても、それでも大人たちがやっぱりなにもしてくれなかったら、どうすればいいの？」

それに対する答えは、なかった。

「それに本当の問題は、聞いてないってことじゃない」エラ・クインはホットケーキの残りに向かって言った。「聞いてるけど、どうでもいいって思ってるってことなのよ」

「ほんとにクソ！」あたしは思わずどなった。それから、二人してしんとして、うちの親が聞いてないことを確かめた。大丈夫《だいじょうぶ》そうだとわかると、あたしは先をつづけた。「大人が気にかけなくたって、どうでもいい。あたしは気にかけてる。ライリーもそう。大人が助けてくれないなら、自分たちでなんとかするしかない」

エラ・クインの顔に笑みがもどってきた。ほんのちょっとだけど、それでも、ないよりはました。

「だから、ヘイゼルってコンテストで手ごわいのよね」

あたしは笑った。「そう?」

「そうだよ！　去年のスピーチコンテストで、ぜったいヘイゼルに負けるって思ったもん。うちのママが歯の妖精《ようせい》についてのスピーチにしたらって言ったんだけど、ヘイゼルのがあんまり面白かったから、これは負けるなって思ったんだ。正直、今でもどうして勝ったのかわからない」

「誇張法《こちょうほう》」あたしはぼそりと言った。

「え?」

顔が真っ赤になる。エラ・クインはもう宿敵じゃないことはわかってたけど、だからといって、去年の致命的《ちめいてき》なミスを認めるのが恥《は》ずかしいことに変わりはなかった。「そのせいで、あたしは負けたんだよ。『誇張法《こちょうほう》』を『こはりほう』って読んじゃったから」

「そうなの?　覚えてないな。ほんとに?」

「え、気づかなかったの!?」

「っていうか、『誇張法《こちょうほう》』の意味も知らない」

あのとき、あたしは審査員《しんさいん》もほかの参加者もエラ・クインも、あたしのまちがいを笑ってるにちがいないって思ってた。審査員《しんさいん》がエラ・クインにおめでとうを言うときも、き**っときわどい勝負でしたが、ヘイゼル・ヒルが自らの手で勝利を進呈《しんてい》しましたものね！** とか言ってるところを想像せずにはいられなかったし、みんなこのことを一生話題にするだろうって確信してた。**ヘイゼル・ヒルはスピーチコンテストに勝てるなんて思ってたのかな？ 「誇張法《こちょうほう》」も読めないくせに!?** エラ・クインもいっしょになって笑ってるだろうって思ってた。ううん、笑ってるって確信してた。だって、エラ・クインはぜったいそんなバカなことはしないから。エラ・クインは『誇張法《こちょうほう》』の読み方くらい知ってるに決まってるから。

「え、なに？」エラ・クインの声で、ふつうの会話の間《ま》にしてはちょっと長すぎるくらい、ぼんやりと宙を見つめていたことに気づいた。

とにかく、たとえエラ・クインがうそをついているとしても、あたしの気持ちを思いやってのことだ。それに、うそをついてるとは思わない。あたしが言葉の読み方をまちがえるかどうかなんて、ぜんぜん気にしてないのだ。エラ・クインはただ、あたしと同じようにスピーチコンテストで競いたいだけだし、あたしと同じように勝ちたいと思ってるだけなのだ。

でも、エラ・クインと友だちになった今、容赦《ようしゃ》なくエラ・クインをやっつけて、泣いているエラ・クインを見て笑うとかってどうなの⁉　っていうのも、二週間前まではそれがあたしの計画だったのだ。でも、今となっては、それってなんか……意地悪っぽい。

「練習してる？　今年のコンテストの練習ってこと」あたしはきいた。

エラ・クインは顔をしかめた。「あんまりしてない。もっとしないといけないのに。練習しようとするたびに、いろんなシナリオを考えだしちゃって、タイラーに怒鳴《どな》り散らすことになっちゃうんだ。そんなスピーチじゃ、ぜったい賞は取れないし、そもそも学校で話すような内容じゃないし」

「あのさ……」あたしはいったん黙《だま》ったあと、つづけた。「バカみたいな質問だけど、あたしたちのうちどっちかが勝ったら、どうする？」

エラ・クインは首をかしげた。「そしたら、勝ったほうは次のコンテストまで一年間、勝ち誇《ほこ》って過ごせるとか？　スーパーにいって、ケーキをまるまる一ホール買って、お祝いでいっぺんにぜんぶ食べるとかもいいね。正直、結果についてはそんなに考えたことないけど」

さすがに、今年あたしが勝っても友だちでいられるか、なんてあからさまな質問をするのがダサすぎるのはわかった。でも、考えてみれば、もしエラ・クインが勝っても、あたしはエラ・クインと友だちでいたい。ていうか、そもそもすでに一度、エラ・クインは勝ってるし、それでも今、あたしたちは友だちなのだ。

友情には、会話しながら頭の中ですごく複雑な問題を解決しようとしつつでもそれを相手に気づかれないようにする、っていう技が必要だって、今まで知らなかった。保健体育の「健全な友情」についての授業でも、教えてくれなかったし。

「なに考えてるの？」エラ・クインがきいた。

「なんでもない」あたしはニッと笑った。「タイラーを黙《だま》らせる方法を考えてるだけ」

話を自分から逸《そ》らすためにタイラーを持ち出すのは誉《ほ》められたやり方じゃないけど、背に腹は代えられないときもある。

「あいつの顔に泥《どろ》を塗《ぬ》ってやりたい」エラはため息をついた。「ヘイゼルは、比喩《ひゆ》じゃなくて泥《どろ》だらけにしてやったわけだけど！　それでも、なんにも変わらなかったなんて！」

そのとき、頭の片隅《かたすみ》でむくむくとアイデアが膨《ふく》らみはじめた。

「そうか……泥《どろ》を塗《ぬ》ってやればいいんだ」

エラ・クインは首をかしげた。

「わたしが言ったこと、聞いてた？」

「ううん、もちろん本当に泥《どろ》を塗《ぬ》るって意味じゃなくて！　タイラーは汚《きたな》いやつだってこと！　卑怯《ひきょう》だし……ずるいし。だから、こっちも汚《きたな》い手を使わなきゃ！　タイラーみたいにずるい手を使わないとだめなんだよ！」

エラ・クインはしばらく黙《だま》って考えていた。ホットケーキをじっと見おろして、もうぐにゃぐにゃになっていたそれを、何度か軽くつつく。

でも、それからぱっと顔をあげた。もう泣きそうな顔じゃない。にっこりしている。

やっと心からの笑みに見えた。

そして、あたしたちは仕事に取りかかった。

第二十三章

「うん、じゃあ、もう一度説明してくれる？」

エラ・クインとあたしはうめき声をあげた。ライリーが計画を説明してほしいと言ったのは、少なくともこれで三回目だ。ライリーはこの計画を気に入ってないんじゃないかって気がしてくる。でも、そんなことありえない。だって、あたしたちの計画は完璧《かんぺき》でぜったい確実なんだから。エラ・クインとあたしは、あのあと金曜の夜は徹夜《てつや》し、土曜もほぼ一日中使って、どこから見ても完璧《かんぺき》な計画を練りあげた。あたしたち二人は、二年生で一番賢《かしこ》いんだから！　二人で考えた計画なら、無敵に決まってる。それに、この計画なら、とうとう、そう、ついに、タイラーが悪いやつだってことを証明できるのだ。

「今日の朝のホームルームのときに、ヘイゼルがタイラーに話しかけるの」エラ・クインが説明をはじめる。

あたしが引き継《つ》ぐ。「今は確かに、タイラーに嫌《きら》われてるだろうけど、タイラーはいつだってあたしにいろんな問題を話したくってしょうがなかったし、今はそういうことを話せる相手がいないはず。だから、そんなにがんばらなくても、タイラーのことだから、また大丈夫《だいじょうぶ》だって思って、女子のこととかお母さんのこととか文句を言いはじめると思うんだ」

「そうそう」エラ・クインがつづける。「とにかくタイラーを油断させるだけでいいの。そうすれば、計画の第二段階に気づかれずにすむから」

「で、第二段階っていうのは……?」ライリーが言い、エラ・クインとあたしはまたうめく。

「だから、第二段階は、ランチのときにヘイゼルがタイラーに話しかけるってやつ」エラ・クインが言う。

「タイラーはいっつも自分のやったくだらないことについてしゃべってるでしょ。自分がどんなにすごいかってことを自慢《じまん》するのが大好きなんだよ。だから、最近どうしてんの、とかそういうことをきけば、そのうちエラ・クインに送ったメッセージのこととか、ベラにやったことを話さずにはいられなくなるに決まってる。前回、しゃべったときは、話す気満々でぜんぶペラペラしゃべったんだから」

「だけど、前回は……うまくいかなかったじゃない」ライリーは指摘《してき》した。

「まあ、確かにね。だけど、今回はちがうから！　今回はパーカーのポケットにスマホを隠《かく》しておいて、タイラーが言ったことぜんぶ録音するんだから」

「そして、それをウェスト校長のところへ持っていけば、校長も信じるしかなくなるってわけ！」エラ・クインが締《し》めくくった。

あたしは最後におじぎでもしたい気分だった。この計画は完璧《かんぺき》だ。エラ・クインとライリーに言われたみたいに、今こそ本当にスパイの気分。でも、ライリーはあたしたちを誉《ほ》めるようすもなく、眉《まゆ》を寄せ、落ち着かなげに左右の足を踏《ふ》みかえていた。

「どうして賛成じゃないの？」エラ・クインはきいた。

「わたしはただ心配してるだけ」今日、ライリーは髪《かみ》を下ろしていた。それってめずらしい。あたしが気づいたのに気づいて、ライリーは髪《かみ》を耳にかけた。「これ以上、エラとヘイゼルに面倒《めんどう》に巻きこまれてほしくないだけだよ。もしかしたら、タイラーが学校で叱《しか》られることよりも、これ以上エラにちょっかい出さないようにするってほうが大切なんじゃない？　そっちのほうが重要なんじゃないかな？」

本当は腹を立てたかったけど、ライリーはあたしたちのことを心配してるだけだってわかってた。今日の朝、エラ・クインとあたしは、あたしたちの立てた計画をライリーに話そうって張りきって学校にやってきた。今になって考えると、打倒《だとう》タイラー・ハリスのエネルギーを朝八時前の会話に注ぎこみすぎたかも。

「今日の朝のタイラーのようすを見てから決めるっていうのはどう？」二人のあいだに入るって変な感じだ。友だちとの付き合い方なんてわからないと思ってたくせに、いきなり、二人と仲良くする達人にでもなったみたいに。「もしタイラーが……先週みたいにピリピリしてようすが変だったら、別の計画を考えよう。でも、もし先週よりは落ち着いてたら、うまくいくかもよ。どうかな？」

ライリーはもう片方の耳に髪《かみ》をかけた。

「週末、ブルックリンに会ったんだ」

エラ・クインの目が飛び出しそうになった。あたしも同じくらいショックを受けた顔をしたと思う。

「ブルックリンに会った？　それって、二人で出かけたってこと？」あたしはきいた。

「ううん、まさか」ライリーは鼻にしわを寄せた。「食料品の買い物にいったら、お店にブルックリンがいたの。親同士がなにかで知り合いだったから、おしゃべりをはじめて、それで、ブルックリンとわたしも話したんだ。それが、なんとなく後味が悪かったってだけ」

「ブルックリンはなんて?」エラ・クインがきいた。

「ブルックリンって、なんていうか……女子力高めってタイプじゃない? この言葉はよくないのはわかってるんだけど、一番ぴったりくるから。で、いきなりあたしたち親友でしょ、って感じでしゃべりはじめて、タイラーの話を持ち出してきたんだ。『ねえ、エラ・クインは大丈夫《だいじょうぶ》かな。心配してるの。いったいなにがあると、タイラーのことであんなでたらめを言っちゃうんだろうね?』みたいな」

「いったいなにがあると、実際にある性的嫌《セクシャルハラスメント》がらせを無視できちゃうんだろうね!」エラ・クインがかっとなって言った。

「だよね。だけど、それで、ウェスト校長のところへいったのはブルックリンだって確信したんだ。別にこのことがなくても、どうせそうだろうって思ってたけど。エラ・クインはでたらめなんて言ってないよって言ったら、ブルックリンはあきれたって顔してわたしを見て、『話には必ず二つの見方がある』とかなんとか言って、自分の親のところへもどっちゃった。なんでこんな話をしてるかっていうと、タイラーはこんな簡単に人を味方につけちゃうから、こっちも慎重《しんちょう》にならないとってこと」

確かに、ブルックリンが簡単にタイラー側についたことは、うれしくない。でも、今回のことはどっちの味方だとか、そういう話じゃないことは、忘れないようにしなきゃならない。だって、タイラーのお世辞をエラ・クインが誤解して、えっと、騒《さわ》ぎになってるとかじゃないから。もっと大きな問題なのだ。

「あたしはいつも慎重《しんちょう》だよ」厳密には本当とは言えないけど、あたしはそう言った。「だれかが、タイラーのことはなんとかしないと。で、だれかがやるとしたら、それはあたしだって思うんだ」

掘《ほ》り下げて考えれば、あたしがどうしてもタイラーに罰《ばつ》を受けさせたいって思う理由は、罪の意識のせいかもしれない。タイラーがエラ・クインの悪口を言ってたときに、どうして止めなかったんだろう？　どうしてタイラーが言ってたことをぜんぶ鵜呑《うの》みにしちゃったんだろう？　すぐにエラ・クインのところへいって、タイラーが言ったことを伝えればよかった。もっと早くしっぽを捕《つか》まえとけば、タイラーもここまで思い上がらなかったはずだ。もしかしたら、こんな事態になるまえに、止《や》めさせられたかもしれないのに。

ライリーがおかしな目であたしを見ていた。また髪《かみ》が顔にかかり、今度は左右いっぺんに耳にかけた。

「ヘイゼルのせいじゃないからね、わかってる？」ライリーが言った。「タイラーはまえから最低のやつだったけど、ヘイゼルの前ではそうじゃなかったのは、ヘイゼルのせいじゃない。タイラーはずっとこのままだろうし、それは、だれにも止《や》めろって言われたことがないからだけど、ヘイゼルがその役を引き受けなきゃならなかったわけじゃない」

次の瞬間《しゅんかん》、自分でもどうしちゃったんだろうって思うことをした。学校で女子が友だちとハグしてるのはしょっちゅう見かける。おんぶしあったり、手をぎゅっとつないだり、無意識で相手に触《ふ》れたり。それって、あたしには、なんだか変な感じがする。あたしには縁《えん》のないことっていうか。自分がやったら、嫌《いや》がられるって思ってたのかもしれない。誤解されるかもって。誤解されるような材料はなにも与《あた》えてなくても。ああいう、愛情を表現するようなことをあたしがしたら、バカみたいに見えるって思ってた。でも、今この瞬《しゅん》間《かん》、あたしはそんなことはなにも考えずに、ライリーのほうへいってハグした。最初、ライリーが体を固くしたので、一瞬《いっしゅん》、これまで抱《いだ》いてきた恐怖《きょうふ》が現実のものになったって、こんなことしなきゃよかったって、思った。でも、それから、ライリーがハグし返してくれて、そう、ほんのちょっとだけだったけど、みるみる気が楽になった。こんなの、ふつうのことだって気になれて。

「ありがと」体を離《はな》すと、あたしは言った。「ライリーってあたしが考えてることがわかるみたい」

「で、わたしはここで見てるだけってことね」エラ・クインが言った。「二人で楽しめば！別にいいから！　わたしはかまわないもん、ここで、一人で、だれもかまってくれなくても。一人ぼっちで、愛されないで、ハグされなくてもね！」

ライリーはあきれたって顔したけど、その口元には笑みが浮《う》かんでいた。そして、エラ・クインの腕《うで》を引っぱったので、あたしは幼稚園《ようちえん》以来かもってくらいひさしぶりに三人以上のハグを経験した。

「それから――」あたしは上着のポケットに手を突《つ》っこんで、ヘアゴムを見つけると、ライリーに渡《わた》した。「はい。髪《かみ》を下ろしてるのが似合わないとかじゃないよ！　似合ってる。だけど、落ち着かないみたいだから。それはだめだよ、計画実行当日にはね」

ライリーはかくっと頭を下げてお礼を言った。ライリーもあたしも気づかないふりをしたけど、エラ・クインがこっちを見ていた。なにかを読み取ろうとしてるみたいに。じゃなきゃ、もうとっくにわかってて、忘れないよう心に刻んでるのかもしれなかった。

第二十四章

タイラーのやることはおかしい。

月曜の朝にある女子にすっかり惚《ほ》れてたのに、火曜のランチの時間にはもう、その子のことを完全に忘れてたりする。友だちにめちゃ腹を立てて、放課後公園で決闘《けっとう》するくらいの勢いだったのに、学校が終わったころには、なにもなかったみたいに笑ったりジョークを言ったりふざけ合ってる。タイラーの場合、感情が長続きしない。少なくとも、些細《ささい》な感情に関してはそうだ。一時間か二時間、強烈《きょうれつ》に支配されるけど、そのあとは、溶《と》けてなくなるらしい。一方、強い感情は強い形で現れる。授業中にふさぎこんであたしに文句を言うとか、何日間か友だちを無視するとか。で、あいにく、あたしはタイラーの強い感情を解き放ったらしい。よりにもよって、まえみたいに話しかけてほしいって願ってるときに。

教室に入っていくと、タイラーはすでにきていた。自分の席にすわってたけど、体は完全に横のあたしの席のほうへ向けている。それだけじゃなくて、机も元通り、あたしの席に近づけていたので、机の列からはみでていたのがまっすぐになっていた（これは助かった。列がきれいに並んでないせいで、目がチカチカしてたから）。それを見て、あたしはぱっと足を止めた。一瞬《いっしゅん》、あたしたちの計画がばれて、その場でアウトの宣告をするつもりかと思ったのだ。でも、それから、あたしのほうがタイラーより賢《かしこ》い、タイラーはあたしより運がいいだけ、ってことを思い出した。今、ここでしなきゃいけないのは、タイラーのようすを探ることだ。だから、ふだん通りにしてなきゃいけない。いくら本当はタイラーの椅子《いす》を蹴《け》り飛ばしてやりたくても。A先生はまだきてなかったので、みんな、うろうろしたり、大声でしゃべったり、週末の出来事を話したりしていた。あたしはちょっと自慢《じまん》に思った。今日は、あたしにも話せる週末の出来事があるのだ。

席にすわって、タイラーがこっちを見てるのに気づかないふりをした。

「ブルックリンがおれと出かけないって言ったところで、もう痛くもかゆくもないから」

タイラーは言った。

片方の眉《まゆ》があがった。ブルックリンは完全にタイラーに惚《ほ》れてるみたいだったのに。

「なんの話？」

そう言ってから、心の中でしまったと思った。なんの話っていうのは、本当はなんの話かわかってる人が言うセリフだからだ。

タイラーはフンとバカにしたように笑った。「へえ、まあいいさ。おれはただ、おまえは図らずもおれを助けたんだってことを知らせてやりたかっただけさ。ブルックリンはマジでしつこくって、頭がおかしいんじゃないかってくらいだよ。一度メッセージを送ると、返事が四回くらい連続でくるんだ。ふつう、そんなに送るか？」

「それはよかった、なぜかあんたのことが好きな女子との恐怖《きょうふ》のやりとりから、救ってあげたってことね」

あっという間にむかしのパターンにもどれるのが、不気味だった。まるでなにもなかったみたいに。タイラーは、この二週間にあったことはなにも口にしなかった――嫌《いや》がらせのことも、水たまりに突《つ》き飛ばされたことも、エラ・クインがあたしのことを好きだって言ったって話も。あたしのほうからも持ちださなければ、このままでいけるだろう。

それが、あたしをムカつかせた。タイラーとウェスト校長は同じだ。あたしなら手なづけられるって思ってて、いつもよりちょっとやさしくしてやれば、また自分のほうになびくって思ってるんだ。

最近、あたしのことを見くびるやつが多すぎる。

「週末はいかがでした？」あたしは、めっちゃ慇懃無礼《いんぎんぶれい》に言った。それから、まだ朝の時点では、タイラーと会話は始めないことになっていたのを思い出して、軽くパニックになった。

（もちろん、心の中でのことだ。タイラーがどんどん話しかけてくるので、しょっぱなから計画が狂《くる》わされたけど、まだいけそうなら、できるだけ計画にそって進めるしかない）。ありがたいことに（予想できたけど）、タイラーはあたしが言ったことなんて聞いてもいないし、そもそも関心もなかった。いきなりハァーと長いうめき声を漏《も》らして、大げさなくらいうんざりって感じで天井を仰《あお》ぐ。とはいえ、声をひそめるのは忘れなかった。あたしに話しかけてるのを、ほかの子たちに気づかれないように。それがわかって、あたしは机の下でこぶしをぎゅっと握《にぎ》りしめた。手のひらに爪《つめ》の跡《あと》がつくのがわかった。

「最低だったよ。吐《は》きそうなほどだれかを好きになったことはある？」

「ない」

「だよな、おまえがロボットみたいなやつだって忘れてたよ。とにかく、レベッカが――」

「レベッカ？」

「ああ、三年生の」

「へえ、じゃあ……もうエラ・クインのことはどうでもよくなったんだ？」

エラ・クインの名前を出したとたん、タイラーはおならのにおいをかいだような顔をした。

「ゲッ、あたりまえだろ。あんなやつ、人生を無駄《むだ》にするだけだよ」

タイラーが本気で言ってるのかどうかはわからなかった。本当に気にしてなくて、腹を立ててたことなんてすっかり忘れてるのか、もしくは（こっちのケースのほうが深刻だけど）本音を見せまいとしてるのか。その場合、エラ・クインへの気持ちも「強い感情」のほうだったことになる。

教室を見回す。A先生はまだきていないけど、先生が遅刻《ちこく》するときは、ほかの先生がちょくちょく教室をのぞきにきて、生徒たちのようすをチェックする。だれも殺されてないかとか。タイラーがまわりに見られていないかどうか確認しているすきに、あたしはそろそろとジーンズのポケットからスマホを取り出すと、カメラの画面にし、録音ボタンをタップしてから、話しはじめた。

「じゃあ、もうあれはやめにするの？」あたしはきいた。

タイラーは戸惑《とまど》った顔をした。「なんの話だよ？」

「エラ・クインの〈アイ・ワンダー〉に送ってたやつ。メッセージを送るのはもうやめる？」

タイラーは笑った。「どうしてやめるんだよ？　おもしろいのにさ。あいつ超《ちょう》ビビッて、バカみたいで笑える。先週、おまえらが首を切られたニワトリみたいに駆《か》けまわっておれをハメようとしてるのを見てて、マジ笑ったよ。礼を言わなきゃな」

やっぱり、後者だったってわけだ。「強い感情」のほう。表面ではエラ・クインのことなんてなんとも思っていないふりをしながら、陰《かげ》でことあるごとに嫌《いや》がらせをしてるんだから。

「じゃあ、あんなふうにエラ・クインのことを傷つけるのに、理由はないってこと？　ただの退屈《たいくつ》しのぎでやってるの？」

タイラーは笑った。あたしを笑ってるんじゃない。あたしもいっしょに笑ってるって思ってるんだ。あたしが自分の側についてるって思ってるから。だって、みんながそうだから。

「まさにそういうこと」

あたしはキレた。

ほかにどう言えばいいかわからない。キレたのだ、完全に。あたしはタイラーに面と向かって、これまでの人生で一度も口にしたことのないようなことを言いまくった。むかしのマンガでよく、登場人物が口に出しちゃいけない言葉を口にしてるときに、吹《ふ》き出しの中に数字とか記号とかくねくねの線とかが描《えが》かれてるけど、まさにあれ。

まさにあれ、なんだけど、くねくねの線はなくて、あたしが実際口にしたわけだけど。

言っとくと、なんて言ったか、正確に繰《く》り返すことはできない。でも、ちゃんと説明するために、口に出しちゃいけない言葉のところは「チーズケーキ」に置き換《か》えることにする。いい？

「あんたってマジでチーズケーキ。ほんと、チーズケーキで、エラ・クインにチーズケーキなことして、このままチーズケーキでいられると思ってんの？　耳の穴かっぽじって、チーズケーキしなさいよ。あんたとあんたのチーズケーキな友だちが二度とチーズケーキをチーズケーキできないようにするためなら、なんだってチーズケーキしてやる。一生チーズケーキすることになってもね！　このチーズケーキのチーズケーキチーズケーキ男！」

最初、タイラーはむしろ感心したみたいな顔をしてた。それから、笑いだした。まるでペットの犬がおもしろい芸を覚えたってみたいに。おとなしくて影《かげ》の薄《うす》いヘイゼルがこんなに悪い言葉を連発できるなんて、かわいいじゃないかってみたいに！　そのせいで、あたしはますます頭に血がのぼった。もはやタイラーの顔しか目に入らない。あたしは立ち上がって――

——肩《かた》を叩《たた》かれた。

「ふだんなら、なぜそういう行動をとったのか、理由をたずねることにしてるがね。しかし、今のには、言い訳は成り立たんな*」ピッツ先生だった。

マジ、チーズケーキ。

顔から血の気が引いた。これまで、学校で問題を起こしたことは一度もない。タイラーを突《つ》き飛ばしたときは、実際には問題にはならなかった。タイラーがあたしをかばったからだ。でも、今回はちがう。目の奥《おく》がかあっと熱くなる。**泣くな、泣くな、タイラーの前だけでは泣くな**。

「あたし、その……タイラーが……これ、聞いてください！」

あたしはスマホを取り出して、録音したものをピッツ先生に見せようとした。使ってはいけない言葉を使ったことで罰《ばつ》を受けることは変わらないけど、そんなことはもういい。とうとうウェスト校長に信じてもらえるなら、おつりがくるくらいだ。

ところが、画面を見ると、動画は撮《と》れていなかった。慌《あわ》ててたから、録画ボタンをタッ

＊ 英語圏《えいごけん》では、罵倒語《ばとうご》など悪い言葉を使うことは社会的にタブーで、学校では厳《げん》罰《ばつ》の対象になる

プし損ねたらしい。

「ほほう！」ピッツ先生はわざとらしく満面の笑みを浮《う》かべた。「すぐに校長室へいけ。わたしはそれをもらって、先にいってる」

ピッツ先生はあたしからスマホをもぎとった。あたしが真っ赤な顔をして、手を震《ふる》わせ、息を切らしてるのを、タイラーは見てゲラゲラ笑った。

それから、まるでなにもなかったみたいに、ノートに落書きをはじめた。あたしは校長室へ向かった。また。

第二十五章

ウェスト校長はうちの親に電話した。

前回、自習室送りになったときは、お母さんに話すのはそこまで大変じゃなかった。お母さんは用紙にサインをし、あたしは一回だけ昼休みに自習室へいって、それで終わり。お父さんもお母さんもなにも言わなかったし、あたしがちゃんとやると言ったから、それを信じてるようすだった。あたしにとってとてもうまく運んだのだ。

でも、今回は、一週間の自習室送りだ。ウェスト校長は、あたしのためを考えて校内謹《きん》慎処分《しんしょぶん》*にしないでやったといわんばかりの態度をとったけど、そもそも校内謹慎処分《きんしんしょぶん》にはできないことを、あたしはちゃんと知っていた。なぜなら、「生徒便覧」を最初から終わ

＊　登校させるが通常の授業に出席させず、教師の監督下《かんとくか》で自習

りまで読んでるのは学校内でもぜったいあたしだけだと思うけど、汚《きたな》い言葉を使った場合の処分は、最大でも二週間の昼休みの自習室送りだと書いてあったからだ。あたしは、ウェスト校長がしゃべっているあいだ、なんとかうんざりした顔をするのだけはこらえたけど、バカみたいにふかふかの椅子《いす》に腕《うで》を組んですわり、頑《がん》として校長の顔だけは見なかった。そしたら、ウェスト校長がうちの母親に電話をしたと言った。

つまり、校長は朝一番にお母さんに電話をかけたってことだ。でも、お母さんは仕事中で、すぐには学校にこられなかったから、あたしはその日一日中、放課後の校長面談にビビりながら過ごす羽目になった。ようやく時間になって、校長室へ出向くと、お母さんが入ってきて、銀行強盗《ごうとう》でも見るような目をあたしに向けた。それから、ウェスト校長に「ご多忙《たぼう》のところ恐《おそ》れ入ります」って言った。バカみたい。だって、ウェスト校長はすべき仕事をぜんぜんしてないのに、うちのお母さんのほうは、今日の午前中、電話がかかってきたときに仕事してたに決まってるんだから。ご多忙《たぼう》なのはどっちよ?

面談のあと、お母さんはしばらくなにも言わなかった。帰りの車の中でも、どっちも先にしゃべろうとしなかった。厳密に言えば、あたしがまず謝るべきなんだろうけど、どうしてもその気になれない。悪いと思ってなかったから。むしろ、まただれかがタイラーのことを誉《ほ》めたら、まだ口に出せる「チーズケーキ」が残ってたくらいだ。あんなことを言うべきじゃなかったのはわかってるけど（少なくとも、声の届く範囲《はんい》に先生がいるときには）、実際には、だれかが振《ふ》って振《ふ》って振《ふ》りまくった炭酸飲料の缶《かん》みたいな気持ちだった。今にも、爆発《ばくはつ》しそうだったのだ。

「またあの用紙にサインしてもらわないとならないんだ」家の前までくると、あたしは小さな声で言った。家の前には、お父さんの車も停まっていた。つまり、お父さんもあたしをどなりつけるためだけに、仕事を早退したわけだ。最悪。

お母さんは答えなかった。心底怒《おこ》ってる証拠《しょうこ》だ。ゴクリとつばを飲みこんで家に入ると、リビングのソファーにお父さんがすわっていた。

「お父さんたちは怒《おこ》ってない」お父さんはソッコーで言った。つまり、めちゃくちゃ怒《おこ》ってるってことだ。お父さんとお母さんは事前に戦略会議をして、怒《おこ》ってないと言うほうが、クールで物分かりがいい感じってことになったんだろう。

「でも、今日あったことについては、話し合わないと」お母さんが言った。

ここまでばっちりリハーサルしてるとなると、かなりまずいことになりそう。

「わかった」あたしはおとうさんの肘掛椅子《ひじかけいす》にすわって、体を丸めた。

「つい最近話したときに、おまえは、お父さんたちがおまえに友だちがいないと思ってると思ってると言っていたよな？」

あたしはうなずいた。

「正直に言うと、確かにちょっと心配はしてたの」お母さんが言った。「もちろん、あなたのことを……ええと、あなたはなんて言葉を使ってたっけ？」

「友だちのいない根暗《ねくら》」あたしは言った。

お母さんは顔をしかめた。「そう、それ。そんなふうに思っちゃいないわよ！　だけど、ミドルスクールに通いはじめて、なにかが変わったみたいだってことには気づいてた。友だちの家へ遊びにいかなくなって、自分の部屋にこもりがちだったし」

「それが、今日のこととどういう関係があるわけ？」いろんなことが起こってるってときに、さらにあたしに友だちが少ないなんて話はしてほしくない。あたしのことを叱《しか》るつもりなら、さっさと始めてほしい。

「エラ・クインの家に泊《と》まりにいってもいいかときかれたときに、お父さんたちがどうして大喜びしたかを説明してるんだ。おまえに友だちができてよかったと思ったよ。しかも、エラ・クインのように、おまえと同じことに関心を持ってる友だちが。あの子は去年のスピーチコンテストの優勝者だったよな？」

あたしはうなずいた。

「それに、新しい友だちができたら、その子のことを喜ばせたいってあなたが思うのも、わかってる」お母さんが言った。

「どういうこと？」

「おまえの友だちのタイラーのお母さんから電話があったんだ」お父さんが言った。

「ええっ!?」

「タイラーのお母さんは、エラ・クインがあなたを利用してるんじゃないかって心配なさってたの。こういうたぐいのことは前にもあったって。よくあることだっておっしゃってたわ、エラ・クインみたいに人気のある目立つ女の子が――」

「なに？　あたしみたいに友だちのいないかわいそうな変わり者を自分の手下にするって？」

「そんなことを言ってるんじゃない」お父さんは言った。

「ううん、言ってる」あたしは言った。「このごろ、だれもがあたしにそう言ってくる。正面切って思ってることを言えばいいのよ。エラ・クインみたいに人気のある目立つ女子が、人気のない女子に悪影響《あくえいきょう》を与《あた》えるのはよくあることだっていうなら、あたしはその人気のない女子ってことでしょ？　友だちがほしくてたまらないから、エラが言ったことはなんでもするって？　お母さんたちが本気で話したいと思ってるなら、あたしがタイラーにムカついてる理由をどうしてきかないのよ？　どうしてなにが起こってるのかきかないの？　なんであたしの話をちゃんと聞こうとしないのよ！」

お父さんとお母さんは意味ありげに視線を交わした。その顔、大嫌《だいきら》い。

「タイラーのお母さんは、タイラーとエラ・クインはいっしょに映画へいっていたともおっしゃってたわ」お母さんが言った。

「え、ちょっと待って、うそでしょ！　やめてよ！　あたしがタイラーのことを好きだと思ってるわけ？」

「ふつうのことよ！　ミドルスクールにあがったときからずっと、あなたの初恋《はつこい》の話を聞くのを楽しみにしてたんだから！」

あたしは深く息を吸いこんだ。「お願いだから、話を聞いて。あたし、頭がどうかなりそう。学校であんな言葉を使ったのはよくなかったと思ってる。だけど、なにもかもがもう限界。だから、爆発《ばくはつ》しちゃっただけ」

お父さんもお母さんも一瞬《いっしゅん》、黙《だま》りこんだ。でも、次の瞬間《しゅんかん》、お母さんの顔がぱっと明るくなった。

「そういうこと！」そして、お母さんはお父さんに向かって目を見開いてみせた。お父さんが一瞬《いっしゅん》、戸惑《とまど》った顔をしたのを見ると、お母さんは片手を顔にあて、口だけ動かしてなにか言った。

「ああ！」お父さんは言った。「ヘイゼル、ローワンの泣き声がしたみたいだ。ちょっと見てくるよ」

お父さんは部屋を飛び出していった。あたしたち二人きりになると、お母さんはにっこりほほえんだ。雰囲気《ふんいき》が一変し、どうやらもう叱《しか》られないみたいだとは思ったけど、だからといって、ほっとできたわけでもなかった。なんだか妙《みょう》に穏《おだ》やかな雰囲気《ふんいき》だ。

「爆発《ばくはつ》しそうな気分なのね？」お母さんがソファーの横の空いている場所をパンパンと叩《たた》いたので、あたしはそこへ崩《くず》れるようにすわった。

ほっと溜息《ためいき》をつく。ここ数週間、大人はだれもあたしの話を聞いてくれなかったのだ。

「うん、そう」あたしはお母さんに寄りかかった。「本当に最低だった。だれも、あたしの話なんて聞いてくれないんだって気がして」

お母さんはうなずいた。「前よりもそう感じることが多くなってる？　イライラするようになったとか？」

あたしは眉《まゆ》をひそめた。「少しそうかな。でも、ここのところは特にイライラしてたから、はっきりとはわからないけど」

お母さんはにっこりした。なんか不自然だ。映画かなんかで見たのを、真似しようとしてるみたいな。

「ミドルスクール時代っていうのは、本当におかしなときなのよ。ほかにもなにか変化したことはある？　気分とか……体の変化とか」

なにを言いたいのかさっぱりわからない。と思った次の瞬間《しゅんかん》、気づいた。あたしはぱっと体を離《はな》した。

「お母さん、もしかして、あたしに生理がはじまったかどうかきいてるの？」

「ぜんぜん恥《は》ずかしいことじゃないのよ！」

あたしはその場で固まって、あんぐりと口を開けた。お父さんとお母さんと話していて、言葉に詰《つ》まることはまずない。本当にない。でも、今はもう、本当になんて言ったらいいのか、わからなかった。

お母さんに話せるかもしれない。どういうことになってるかぜんぶ話して、そうしたら、やっと信じてくれる人ができるかもしれない。そうなったら、どれだけいいだろう？

だけど、もし信じてくれなかったら？　もし、ほかの人たちのときみたいに、また絶望することになったら？　先生に話を聞いてもらえないのも、タイラーのお母さんが耳を貸さないのも嫌《いや》だけど、お父さんとお母さんが聞いてくれなかったら、もうどうしたらいいかわからない。実際、今、お母さんは、あたしが変わったのは——友だちのために立ち上がったのは、体が変化したからだと思ってるのだ。ホルモンバランスのせいだって！　それじゃ、自信なんて持てない。

あたしは立ち上がり、お母さんがもどってらっしゃいって言うのも無視して、自分の部屋にいくと、ドアをバタンと閉めて、枕《まくら》を顔にあてて大声でさけんだ。すっきりしたのは、ほんの一瞬《いっしゅん》だった。

第二十六章

「そしたら、お母さん、イライラしてるのは生理が始まったからかってきいてきたんだから！」

「もうやめて」ライリーは笑いすぎて、顔が真っ赤になってる。

「ほんとなんだから！　お父さんが急に部屋を出ていって、そしたら、お母さんが『ヘイゼル、なにか体に変化があったんじゃないの？』って！」

ライリーは両手で顔を覆《おお》ってキャーキャー笑った。あのあと、気持ちが少し落ち着くと、お母さんをなんとか説得して、ライリーの家まで送ってもらった。明日は学校があるし、感情を爆発《ばくはつ》させたことも謝らなくちゃならなかったし、同情を買おうと、実際に生理が始まったと取れるようなことまで言った。どんな顔をしたらいいのかわからなかったけど、あれこれ悲しそうな顔をしてみせると、そのうちお母さんもあたしのことをガラス細工みたいに扱《あつか》いはじめた。それどころか、ちょっと涙《なみだ》ぐんでたかも。なんでかは考えないとだけど、それはあとまわし。とにかく、やっと許してくれたのは、ライリーのうちにエラ・クインはこないって誓《ちか》ったからだった。ダメ押《お》しで、ライリーもエラ・クインは悪影響《あくえいきょう》を及《およ》ぼすんじゃないかって思いはじめてるとまで言ったら、完璧《かんぺき》だった。ライリーとあたしはいい子で、エラ・クインの恐怖《きょうふ》から逃《のが》れようとしてるんだ、ってお母さんが思いこんだら、あとは楽勝で、ライリーの家まで送ってもらえた。

親にうそをつくのはよくないことなのは、知ってるけど、娘《むすめ》が友だちをかばうたびに、ホルモンバランスの乱れだって勝手に思いこむのだって、よくない。で、結果、今ここにいるってわけ。

「本当はどういうことなのか、説明しようとした?」ライリーがきいた。

あたしは首を横に振《ふ》った。「耐《た》えられなかったんだ。だってまずあたしの体には問題ないってことを納得させてからじゃないと、まともな会話にも入れないんだから」

ライリーはそれ以上追求しようとしなかったので、ほっとした。すでに親に癇癪《かんしゃく》を起こしたことを後悔《こうかい》しはじめていたから。これまでは、よくいる、親になんか相談できないってタイプじゃなかったのに。

「エラもあと十分くらいでくるって」ライリーはスマホを見て、言った。

最初、この計画を思いついたときは、ちょっと心配だった。エラ・クインより早くライリーの家に着かないとお母さんにバレちゃうし、あと、これまでライリーと二人きりになったことはなかったから。ちなみに、ライリーの家が見えてくると、お母さんはすっかり心を奪《うば》われた――森の中をずっと抜《ぬ》けていって、しまいには、ライリーに電話して道をきかなきゃならなかったくらい、人里離《はな》れた森の中にあったんだけど、一目見たとたん、その価値はあると思った。これまでもバスから木々のあいだにちらりとのぞいているのを見たことはあったけど、こうやって近くから見るのと、大ちがいだ。ライリーからは、ライリーのお母さんが自分で設計したと聞いていた。正面はすべて木のパネルで、どっしりとした窓がついている。まるでおとぎ話から抜《ぬ》け出してきたみたい。少なくとも、お母さんはあたしを降ろして帰るまで、ずっとそればっかり繰《く》り返していた。

ライリーのお母さんはテイクアウトの夕食を受け取りに出かけていたので、あたしたちはライリーの部屋で待つことにした。エラ・クインの部屋はどんなだろうって想像していたけど、ライリーの部屋のことは考えたことがなかった。実際に見たら、史上最高にクールな部屋だった。

正面から見たときにあった巨大《きょだい》な窓のひとつは、ライリーの部屋の窓だった。ライリーのお母さんは、その下にすわれるように台を作って、そのまわりを本棚《ほんだな》にしていた。壁《かべ》は深緑色で、クイーンサイズの特大ベッドが置いてある。あちこちに植物を植えたハンギングバスケットが吊《つ》るされていて、床《ゆか》にはやわらかいラグが敷《し》いてある。大人の部屋みたいだ。

「ライリー、クールすぎ。あたしなんかと付き合ってくれてありがとう」ひととおり見終わると、あたしは言った。

ライリーは笑って、ぽんと腰《こし》をぶつけてきた。

「それはこっちもいっしょ」ライリーが言って、あたしたちは笑った。もう何年も前から、ライリーのうちに遊びにきてるような気がする。

ライリーはレコードプレイヤーのスイッチを入れた（もちろん、ライリーはレコードプレイヤーを持っていた）。音楽がかかると、あたしたちはライリーのベッドの上に手足を伸《の》ばしてねっころがった。そのまま、エラ・クインがくるのを待ちきれずに、あたしは親との一件を話してしまった。どうしたって待てないことってある。

「うちのお母さんは、生理の話をするくらいなら、体じゅうにベーコンの油を塗《ぬ》りたくって、ココーテの餌《えさ》になるほうがましだと思う」ライリーが言った。

「お母さん、大興奮しちゃって」あたしはブルッと震《ふる》えた。「なんか、あたしが生まれたときからこの日を待ちわびてた、みたいな？」

ライリーは両手で顔を覆《おお》い、あたしたちは笑いすぎてまたベッドに倒《たお》れこんだ。

そのとき、家の前で車が止まる音が聞こえた。でも、二人ともすっかりくつろいでいて、動こうとしなかった。すると、ドアがカチリと音を立てて開き、女の人の呼ぶ声がした。

「迷子を見つけたわよ！」

ライリーがさけびかえした。「エラみたいな形してる？　それとも、このあいだ見つけたアライグマの赤ちゃんみたいな感じ？」

ライリーが大声を出すのを聞いたのは、初めてだった。この家に、そう、自分の世界にいるときのライリーは別人みたいだ。なんかすごくいい。それに、アライグマの赤ちゃんの話も聞きたいかも。

「エラの形」部屋の入り口でエラ・クインが言った。ピンクのリュックを背負って、図書館の大人の本の棚《たな》にあるような大きな本を抱《かか》えてる。あたしがあまりいかないあたりだ。本が埃《ほこり》っぽくて、ぜんそくの発作が起きるから。

「きたきた！」ライリーは頭をもたげて、エラ・クインに手招きした。「聞いてよ。ヘイゼルが大人の女になったんだよ」

「やめてよ！」あたしは笑った。エラ・クインはあたしたちを見て少し意外そうな顔をしたけど、なにも言わなかった。

「あとで聞かせて。さあ、みなさん、作業に取りかかりますよ！」エラ・クインは先生みたいに手をパンパンと叩《たた》いた。

ライリーとあたしは顔を見合わせた。ライリーもあたしに負けず劣《おと》らずげっそりした表情を浮《う》かべてる。

「今夜はもう、タイラーを火あぶりにする気力はないかも。今日の朝、しようとして、こっちが一週間の自習室送りになったばかりだし」あたしは言った。

「ちがう、そうじゃなくって。今は、あいつのことを考えるのも嫌《いや》。ヘイゼル、気づいてる？　スピーチコンテストは金曜日よ。今週の金曜日！」

それはわかってた。冬休みが近づけば近づくほど、教室は落ち着きがなくなり、ざわついてくる。自習室送りになるには、最低の週かも。授業中本当に勉強してるなら、自習室でもやることがあるけど、実際には、地理の時間に『アナと雪の女王』の歌を歌ったりしてるんだから。だから、スピーチコンテストが今週の金曜だってことは、頭ではわかってた。でも、エラ・クインがそう言うのを聞いて、急に現実味を帯びてきた。むかしのあたしが、つまり、なにがなんでもスピーチコンテストに勝つってことしか頭になかったころのあたしが、ちょっとだけもどってきたのだ。エラ・クインと友だちになっても、まだスピーチコンテストで負かそうとするなんて、変じゃないかって思ってたけど、エラ・クインはそんなのぜんぜん変じゃないって感じで、エラ・クインがぜんぜん変だと思わないなら、あたしは勝ちを狙《ねら》いにいって、なおかつ、エラ・クインの友だちとしていっしょにいられるってことだ。

「ヘイゼルをやっつけるなら、暗記を始めないと！　あたしたち二人とも、練習しなきゃ！　ライリーにもっとお菓子《かし》をあげて、お願いもして、どっちが勝ちか選んでもらおう！」

「そんなことしないよ」ライリーは言ったけど、エラは無視した。

「あたし、もうずっと練習してないから……」そこまで言って、あたしは黙《だま》りこんだ。最後に練習したのがいつか、本当にわからなかった。顔から血の気が引くのがわかった。

「ヤバい」

「だよ！」エラ・クインは言った。「わたしは連続優勝するつもりよ。ヘイゼルには、こんなふうにあきらめるんじゃなくて、ちゃんと勝負してほしいの。じゃないと、勝ったって空《むな》しいから」

「だれが勝たせるなんて言った？」顔に笑みが浮《う》かぶ。ライリーが呆《あき》れたって感じであたしたちを見る。「確かにそっちは連続優勝の可能性があるかもしれないけど、こっちにはリベンジっていう目標があるんだから」

「ライリー、ちょっといい？　今日のライリーは最高にきれい」エラ・クインはまつ毛をパチパチさせた。

ライリーは笑いだした。「やめてよ！　アドバイスをしたり、質問したりはしてあげるけど、勝敗を決めるのはやらないからね」

「決まりね」エラ・クインはニヤッとしたけど、それからまじめな顔になって言った。「わたし……なにか楽しいことがどうしてもしたいの。わかるよね？　去年、スピーチコンテストは本当に楽しかったんだ。あのときみたいな気持ちになりたい。そのことだけを考えていたい。そうしたら、また心から楽しいって思えるかも。前みたいにふだんの気持ちにもどれるかもしれないでしょ」

ライリーとあたしは顔を見合わせた。あたしは、エラ・クインにとってコンテストがどういう意味を持っているか、わかっていなかった。あたしがコンテストが好きなのは、学校で唯一《ゆいいつ》、あたしが勝てるものだったから。だって、ベラのバレー部に入ったり、走り幅《はば》跳《と》びの新記録を出せたりするわけじゃない。

「了解《りょうかい》」あたしは立ち上がると、ライリーの腕《うで》をつかんで窓の下の台まで連れていった。いっしょにすわって、背をぴんと伸《の》ばし、目いっぱい〈大人のまじめ顔〉を作る。「いい影響《えいきょう》よろしく」

エラ・クインはほほえんだ。最高のセリフを聞いたっていうみたいに。

第二十七章

生まれて初めて午前中ひたすらベルが鳴るのを待ちつづけた。

誤解しないでほしい。怠《なま》けたいんじゃない。あたしは、ぼーっと席にすわってバインダーに落書きしたり、授業中にこっそり友だちにメッセージを送ったりするタイプには、一生ならないと思う。だけど今日は、ノートを取ったり、宿題の内容をメモしたり、頭の中でスピーチを一億回くらい繰《く》り返したりしながらずっと、午前中を乗り切ることばかり考えていた。そうすれば、あとは昼休みのあいだ自習室にすわっていれば、午後の授業でエラ・クインとライリーに会える。

ついにベルが鳴ったとき、もはや有頂天になっていた。監督《かんとく》の先生がピッツ先生だとしたって、かまわない。とにかく昼休みの終わりまで自習室にいればいい。そのあいだは、なにをしてもいいんだし。それが、五回分あるってだけだ。

ところが、自習室、またの名を「自由」へ向かおうとすると、A先生に呼び止められた。

「ヘイゼル、ちょっとだけいいかしら？　少し話したいことがあるのよ」

ケイデンがそれを聞きつけて、わざと女子っぽい声で「うわー、かわいそー」と言った。ったく、せめてバカの一つ覚えはやめてほしい。A先生がじろっとにらんだので、ケイデンは慌《あわ》てて逃《に》げていった。あーあ、早く大人になって、ケイデンとかタイラーみたいなやつをああやって黙《だま》らせてやりたい。一瞬《いっしゅん》、自分が先生になったらっていう妄想《もうそう》に浸《ひた》る。エラ・クインみたいな女子が相談にやってきたら、問題の男子は学校という学校から永久追放にしてやる。だって、あたしは大人で、大人にはすごい権力を持ってる人がいて、あたしはそういう大人になったら楽しんで権力を行使しそうだから。

「でも、今から……」言いかけたけど、口をつぐんだ。A先生はあたしが自習室にいくことは知ってるに決まってる。大人っていうのは、たいていまず大人を信じて、子どもは後回しにする。いい大人（A先生）ですら、子ども（あたし）より先に、たとえどんなに意地の悪い大人（ピッツ先生）でも、まず大人に話すのだ。だから、ピッツ先生にいたっては、すでにA先生にあたしがしでかしたことを話したに決まってる。どうせA先生は知ってるのに、ひと月で二回も自習室送りになるような問題児だって、わざわざ自分の口から言いたくなかった。

「監督《かんとく》の先生にはうまく言っておくから」A先生はまたウィンクしようとしたけど、あいかわらずうまくいかなかった。「ただちょっと、スピーチのことをききたかったの。まだ参加する予定よね？」

「もちろんです！」スピーチコンテストに出られないかもしれないと考えただけで、ぞっとした。夏のあいだ、そのことしか考えてこなかったんだから。「今のところ、とても順調に進んでいると思います。今回のテーマは、すごく気に入ってるんです」

「もう一度、教えてくれる？」

あたしはすっと背を伸《の》ばして、精いっぱいスピーチのプロって感じの声で言った。「『二十世紀の迷宮入りミステリー』。すごくおもしろいスピーチになると思ってます」

A先生はにっこりした。教師が贔屓《ひいき》するのはいけないって知ってるけど、たぶんA先生はあたしを贔屓《ひいき》してる。この学校にも、少なくとも一人はあたしを好きな大人がいるってこと。

昨日、エラ・クインとあたしは何時間もスピーチの練習をした。正直、よくライリーが我慢《がまん》してくれたと思う。ライリーは、最初に言ったとおり、勝ち負けを決めるのは断った。でも、うちに帰って、ふつうは寝《ね》る時間もとっくに過ぎたころにスマホが鳴って、ライリーからメッセージがきた。「ヘイゼルの勝ちだったと思うよ」って。あたしはたっぷり五分間、枕《まくら》の下に顔を突《つ》っこんでなきゃならなかった。

もちろん、自分のスピーチがよかったのがうれしかったから。ほかの理由じゃない。ほかの理由のほうについては、あとでよく考える必要があるかもしれないけど、今は、単純に時間がない。

「それはよかったわ」A先生は言った。「楽しみにしてるわね。スピーチコンテストは、あなたたちが声をあげるのにすばらしい場だと思うの。そうでしょ？」

「はい」あたしは言った。そうなんだろう。だって文字通り、声を張りあげるわけだし。

A先生の言ってるのはそういう意味だろう、って考えることにしたけど、先生がまだなにか「人生の重要な教訓」みたいな話をつづけようとしているのがわかったので、あたしは待った。

「すばらしいスピーチは世界を変えることもできるの。もしなにか言うことがあって、それを上手に言うことができれば、相手に言いたいことを伝えられる。たとえ、怖《こわ》くても」

「はい」A先生は、今の若い人たちに知恵《ちえ》を授けたいって一生懸命《いっしょうけんめい》になってるときに、遠くを見るような目つきをすることがある。たぶん今もそれだって気がした。でも、先生が言ってることをちゃんと理解しないと、せっかくの知恵《ちえ》を百パーセント生かせない。

「わくわくしてるでしょうね！　あと数日しかないんですもの。今回のコンテストには地元の新聞の取材も入るって知ってる？　それに教育委員会の委員長もいらっしゃるみたいよ。とてもすてきな女性でね。ウェスト校長の上司の上司にあたるの」

ようやくA先生の言いたいことがわかった、と思った。顔が赤くなり、ぱっと顔を伏《ふ》せる。A先生の目が見られなかった。

「大丈夫《だいじょうぶ》です。去年みたいなへまはしません。両親にも単語の読み方を一語一語チェックしてもらいましたから」

「まあ！　ちがうわよ、わたしが言いたいのはそんなことじゃないわ」

「じゃあ、どんなことですか？」

A先生はまたにっこりほほえんだけど、あたしが先生の「人生の重要な教訓」をちゃんと理解したときに見せる、さすがね、という笑みとはちがった。

「さてと！」質問に答える代わりに、先生はそう言ってパンと手を叩《たた》いた。昨日の夜、エラ・クインが手を叩《たた》いたときとそっくりだった。「実はわたしも自習室にいくところなの。いっしょにいきましょうか？」

A先生が監督《かんとく》の先生だって知って、ますます気持ちが楽になった。一時間スピーチの準備ができるし、それが終われば、好きに家に帰れる。

あたしたちは教室を出ると、ピッツ先生の教室へ向かって歩きはじめた。そう、自習はいつもピッツ先生の教室で行われる。きっと自分の教室を悲しみのエネルギーで満たすのが好きなんだろう。

ところが、A先生と自習室へ入ったとたん、ハッと足を止めた。

教室の机に、エラ・クインがすわっていた。あたしたちが入ってきたのを見ると、顔をあげて、にっこりしようとしたけど、ぜんぜん笑顔になっていない。泣いていたのは一目《いちもく》瞭然《りょうぜん》だった。顔は真っ赤で、ブルーの目はまだ涙《なみだ》ぐんでいる。

「そうだわ！」A先生が突然《とつぜん》声をあげた。「編み物を教室に置いてきちゃった。二人で話しててちょうだい！」

ときどき心からA先生が好きになる。

先生が出ていくと、すぐにエラ・クインのほうを見た。

「どうしたの？　なにかあった？」

唇《くちびる》がわなわなと震《ふる》え、エラ・クインは机に突《つ》っ伏《ぷ》して、腕《うで》に顔をうずめた。

「わたしが首謀者《しゅぼうしゃ》なんだって」エラ・クインの声はくぐもっていて、ものすごく集中しないと聞き取れなかったけど、顔をあげてとは言えなかった。とてもあげられそうになかったから。「タイラーが自分のお母さんにそう言ったの。わたしがタイラーのことを追いかけてて、ヘイゼルのことをけしかけたって。そのせいでわたしも自習室送りになったの」

エラ・クインは顔をうずめたままだったけど、泣いて鼻をすすっているのはわかった。エラ・クインが自習室送りに慣れてないのはわかるけど、それにしても、こんなにうろたえているのを見るのは初めてだ。

「自習室は悪くないよ！　特に、監督《かんとく》はA先生だし。A先生は好きに勉強させてくれるの。頼《たの》めば、スピーチの練習もさせてもらえるよ！」

そう言ったとたん、エラは本格的に泣きだした。肩《かた》が震《ふる》え、鼻水が止まらず、涙《なみだ》が水たまりになる、そんな泣き方だった。

「でも、わたしは首謀者《しゅぼうしゃ》なの！　わかる？」エラはとうとう顔をあげて、あたしを見た。ひどいことになってる。「わたしは首謀者《しゅぼうしゃ》だから、見せしめとして、自習室送りに加えて、もう一つ別の罰《ばつ》も受けなきゃならない。スピーチコンテストには出られないの」

胃が一気に重くなる。一瞬《いっしゅん》、聞きまちがいだと思ったくらいだ。学校が、エラ・クインにコンテストの出場を許さないなんてありえない。A先生が言ってたのに。スピーチコンテストには全員くるって。なのに、どうしてエラみたいな生徒を出さないわけ？

それから、あたしは悟《さと》った。A先生はもうこのことを知ってたんだ。エラ・クインがコンテストに出られないってことを。だから、コンテストにくる人たちのことを話したんだ。だから、スピーチはどれだけ大切か、話したんだ。

今度こそ、あたしはわかった。A先生が言おうとしていたことを。

第二十八章

スピーチコンテストに大勢の人がくるのは、知っていた。でも、ただ知ってるのと、体育館の舞台《ぶたい》の上で固いプラスチックの椅子《いす》にすわって、三百万人はいるんじゃないかって観客が席を埋《う》めていくのを実際見るのとは、ぜんぜんちがう。

朝一番で、出場者は体育館に集まるようにアナウンスがあった。そこで全員ルールについて説明され（まるで、あたしたちがまだ知らないっていうみたいに）、それから順番を決めるクジを引いた。一般的《いっぱんてき》に、最初か最後がいいから、どっちかに近ければ近いほど、いい。だから、最後から二番目を引いたときは、一瞬《いっしゅん》だけ胸が高鳴った。これが今週の初めだったら、完璧《かんぺき》だと思っただろう。その時点では自信があったから。エラ・クインにいい位置でしょってジョーク交じりに自慢《じまん》したかも。でも、今では事情はすっかり変わってしまった。エラ・クインは、ピッツ先生のクラスの子たちと体育館にくることになっている。本当なら、舞台《ぶたい》の上にいるはずだったのに。

全校生徒が授業は免除《めんじょ》され、コンテストを見にきていた。ちゃんと聞いていないと先生にどなられる。そう、今回、あたしに必要なのはそれだ。聞いてほしい人間に、ちゃんと聞いてもらうこと。

観客席を見回すと、ウェスト校長はすぐに見つかった。あたしの知らない背の高い女の人の横にすわってる。その人の言うことにいちいち、大きすぎる声で笑ってる。つまり、世界一ダサい初デート中か、あの女の人が教育委員会の委員長かってことだろう。ウェスト校長の上司の上司だ。

エラ・クインとライリーもどこかにいるはずだけど、見つけられなかった。ピッツ先生のクラスの席にすわってるはずだ。そこから舞台《ぶたい》の上を見て、本当なら自分の席もあったはずなのにって考えるだけで、エラ・クインはどれほどつらいだろう。あたしもつらい。去年は、気を散らすようなことはないのを喜んでいた。ほかの子たちが友だちに話しかけたり、気がついてもらおうとして舞台《ぶたい》から手を振《ふ》ったりしてるのを見て、あきれたのを覚えてる。**そんなんじゃや、どんなコンテストでも勝てないから**、って。

でも、今は、友だちが横にいてくれたらどんなにうれしいだろうって思う。

ウェスト校長が舞台《ぶたい》のほうへ歩いてきた。膝《ひざ》まであるロングブーツの立てる音が雷鳴《らいめい》みたいに響《ひび》きわたる。校長は会場の観客に挨拶《あいさつ》すると、この学校で働けて幸せだ、生徒たちはみんな知的で積極的だから、みたいなことを言いだした。たぶん、オエッって顔をしてるのはバレバレだったたと思う。でも、ウェスト校長はあたしの真ん前に立ってたから、見られる心配はなかった。

そのあとは、おかしなことは起こらなかった。それは確かだ。それぞれみんな、自分のスピーチを最後まで話すことができたし、だれも転んだり、セックスとかそういう強烈《きょうれつ》に記憶《きおく》に残るテーマのスピーチをしたりしなかった。だれかの舌がもつれて「韻文《いんぶん》」を「陰《いん》部《ぶ》」って言って、これから一年間ずっと笑われる、みたいなことも起こらなかった。

それは確かだけど、みんながなんのスピーチをしていたかは、ひとつも覚えていない。わかるのは、自分の心臓がバクバクしてることと、膝《ひざ》がガクガク震《ふる》えてることと、順番が近づいてくるにつれ、息がうまくできなくなってるってことだけだ。やっぱり、計画どおりになんてできっこない。

最初にあたしの計画なんてうまくいくはずないって思ったのは、二人目のスピーチの途《と》中《ちゅう》だった。あたしの知らない、一年生の男子だ。その背中の、自信たっぷりなようすを眺《なが》める。あの子、だれだろう？　先生たちはこの子のことを特別中の特別だって思ってるんだろうか？　お母さんは自分の子がまちがったことをするはずがないって思ってるんだろうか？

二度目は、コンテストが中盤《ちゅうばん》に差しかかった六人目のスピーチのときだ。三年生の女子で、赤味のあるブラウンのカールした髪《かみ》を腰《こし》までのばしてた。休み時間に男子に引っぱられたりするんだろうか？　先生は「それは、あなたのことが好きだからよ」とか言ってるんだろうか？

三度目は、十人目のスピーチの途中《とちゅう》で襲《おそ》ってきた。あたしの一つ前の生徒だ。観客席のほうを見やる。タイラーの姿は見えないけど、いるのはわかってる。面白くもないジョークを言って、どうせ友だちも笑ってるんだろう。でも、ウェスト校長は見えた。コンテストが始まってからずっと、校長のすわってる場所はわかってた。そっちを見ると、表情のない顔でスピーチを聞いているのが見え、不安に押《お》し流されそうになる。あたしたちがタイラーの話をしたとき、ウェスト校長がエラ・クインにどんな態度をとったかを、あたしは見た。でも、あのときは、ほかにだれもいなかった。じゃあ、みんながいるところでタイラーの話をしたら、校長はどうする？

パラパラと拍手《はくしゅ》の音がして、はっと冷静になった。終わりのほうの順番でスピーチをするマイナス点は、みんなが拍手《はくしゅ》するのに飽《あ》きてるってこと。でも、あたしがこれから話そうとしてることには、歓声《かんせい》や拍手《はくしゅ》は必要ない。

自分の番だってわかってるけど、なかなか立ち上がれない。去年みたいに緊張《きんちょう》してるわけじゃない。自分が言うことはわかってるし、それは難しいことじゃない。それなのに、膝《ひざ》同士がガクガクとぶつかりはじめる。マイクのほうへ歩きながら、声が出ないんじゃないかと不安になる。でも、話さなければならない。この計画は最後の手段だ。今度こそ、うまくいくかもしれない。やってみなければならない。あたしはコホンと咳払《せきばら》いして、マイクの前に進み出た。

「説明できない出来事を経験したことはありませんか?」あたしはいつも練習していたとおりに、スピーチをはじめた。「夜、空で光が点滅《てんめつ》してるのを見たとか、幽霊《ゆうれい》を見たと思ったことがあるかもしれません。世界にははるかむかしから存在する謎《なぞ》があります。そして、その多くは、今も未解決なのです」

このままいける。このスピーチなら最後まで話せる。もしかしたら、優勝だってするかもしれない。それってすごい。それって最高だ。

でも、もう一度、観客席のほうを見る。今度こそ、エラ・クインとライリーを見つける。二人があたしに向かって親指を立ててる。あたしがこうして舞台《ぶたい》の上に立っているのを見るのは、エラ・クインにとって胸が張り裂《さ》けるほどつらいことのはずだけど、それでもエラ・クインはあたしがうまくやれるよう、願ってくれている。

キーワードを書いておいたカードを見る。最初に作ったスピーチは暗記してる。でも、こっちのは昨日の夜、書いたばかりだ。

「しかし……」また軽く咳《せき》をし、息を深く吸いこむ。「しかし、わたしにとって人生最大の謎《なぞ》は、なぜこの学校では、タイラー・ハリスのような男子が女子をバカにしたり性的嫌がらせ《セクシャルハラスメント》をしたりすることが許されるのか、ということです。もしかしたら、今、まさにあなたの横にすわっている女子が被害者《ひがいしゃ》だったかもしれません。もしかしたらあなた自身も」

体育館の一番うしろを見つめる。そこなら、だれのことも見えない。今のところ、だれも舞台《ぶたい》に駆《か》けあがってきて、あたしを引きずり降ろそうとしない。あたしはつづける。

「イリノイ大学で行われた調査によると、学生の四人に一人がミドルスクール時代になんらかの身体的もしくは言葉による性的嫌がらせ《セクシャルハラスメント》を経験しています。全米女子大学協会は、さらに問題と思われる統計結果を発表しました。ミドルスクール一年生から高校三年生までの半数近くが性的嫌がらせ《セクシャルハラスメント》を受けた経験があるというのです。しかも、この数は実際よりも少ないと考えられています。おそらく、ミドルスクールの生徒はそうしたことを考えたりしたりする年齢《ねんれい》ではないと思われているからでしょう。たいていの大人たちは、わたしたちのことをまだ子どもだと考えているのです。

わたしには友だちがいます。友だちがいる、というのは当たり前のことのように思えるでしょうが、正直に言うと、わたしには新しい体験といってもいいことでした。一か月前から、その友だちの〈アイ・ワンダー〉のアカウントに匿名《とくめい》で質問がくるようになりました。〈アイ・ワンダー〉のアカウントにくると想定しているような質問とはぜんぜんちがって、内容はひどいものです。性的で、脅迫的《きょうはく》で、恐怖《きょうふ》を感じずにはいられないようなものでした。その質問を見て、実際わたしは恐怖《きょうふ》を感じました。ですから、それが友だちにとってどれほど恐《おそ》ろしいものだったか、想像できないほどです。全米女子大学協会の同じ調査によると、性的嫌がらせ《セクシャルハラスメント》を受けた女子の三十七%が、身体的な不調を覚えました。また、三十四%が勉強に支障をきたしています。このような性的嫌がらせ《セクシャルハラスメント》は、欠席、成績不振《ふしん》、その他の問題行動の原因となります。それらは、嫌《いや》がらせがなければ起こらなかったものです」

不安でどきどきして、ウェスト校長の反応を見られない。それに、エラ・クインがどう思うかも、わかっていない。あたしは内容をぼかしていない。だれだって、あたしがエラ・クインとライリーと仲良くしているのは知ってる。そして、ライリーのほうは男子と付き合っていない。つまり、あたしの言ってる「友だち」がだれのことなのか、別に天才じゃなくたってわかる。

観客のほうは見られないので、息を吸い、一瞬《いっしゅん》天井を見上げてから、つづける。

「友だちにそのメッセージを送っているのは、タイラーだとわかっています。証拠《しょうこ》もあります。それに、本人がわたしにそう言いました。それも一度ではありません。タイラーはそれを自慢《じまん》に思っているのです。わたしに面と向かってはっきりそう言いました。二度もです。わたしたちはウェスト校長先生のところへ助けを求めにいきました。なぜなら、なにかあれば、生徒はそうするものだからです。そうですよね？　大人を探して、しかるべく対処してもらう。ところが、罰《ばつ》を受けたのはわたしたちのほうでした。わたしたちは、ネットではもっと気を付けるようにと言われました。わたしの友だちは、まだ子どもなのだから、年齢《ねんれい》相応にふるまうようにと言われました。そうすれば、こんな問題で悩《なや》むこともなかったのだと。けれども、もしわたしたちがまだ子どもなら、守ってもらう権利があるのではないでしょうか？　もしわたしたちが人間なら、安心して生活する権利があるのではないでしょうか？」

あたしは一瞬《いっしゅん》、観客席にいるベラ・ブレイクと目を合わせた。ベラが満面の笑みを浮《う》かべ、口だけ動かして「がんばれ」と言う。思わず笑いそうになる。

「わたしはこのコンテストが大好きです。スピーチコンテストが好きだなんてオタクみたいだとわかっていますが、去年、参加してとても楽しかったのです。ですから、今年も参加するのを楽しみにしていました。わたしの両親は、わたしがなぜこんなにコンテストが好きか、わかっていませんでした。でも、先週わかったのです。わたしがこのコンテストが好きなのは、このときだけは、話に耳を傾《かたむ》けてもらえるからです。そして、わたしの友だちがこのコンテストを好きなのも、同じ理由だと思います。本当だったら彼女《かのじょ》もこの舞台《ぶたい》の上にいるはずでした。友だちはなにも悪いことはしていません。そして、タイラーに嫌《いや》がらせをされたとき、先生のところへいったのに、罰《ばつ》を受けたのは彼女《かのじょ》のほうだったのです。しかも、このたった一度のチャンスを――三分から五分のあいだ、言いたいことに耳を傾《かたむ》けてもらえる唯一《ゆいいつ》の機会を取りあげられたのです。

わたしは、今年コンテストに勝てるかもしれないと思っていました。別にこれは自慢《じまん》ではありません。今回のこのスピーチをするために、なにを犠牲《ぎせい》にしたのかをお知らせしたいだけです。そう、なにが起こったのかをみなさんにお伝えするために。わたしがこのスピーチをしているのは、百パーセント真実だからです。わたしたちが望んでいるのはただひとつ、信じてもらうことだけなのです」

大きく息を吸う。

「わたしたちは、性的嫌がらせ《セクシャルハラスメント》を受けたとだれかが名乗り出たとき、大人たちがどんなふうに反応するかを見ています。女優が監督《かんとく》について発言したとき、それは仕事をもらいた

いからだという コメントをする人がいるのを、知っています。少女が暴行を受けたとき、少女の服装のことをあれこれ大人たちが言うのも、聞いています。わたしたちが大人のところにいったとき、信じてもらえなければ、それがなにを意味するかも、わかっています。大人にとって、自分はそのくらいの価値しかないということなのです」

そしてあたしはついにウェスト校長を見た。顔がまさに真紫《まむらさき》になってる。ここまでやってきて、あたしを引きずり降ろさないのが、信じられない。ところが、となりにすわってる教育委員会の委員長、つまりウェスト校長の上司の上司は、目に涙《なみだ》を浮《う》かべてあたしを見ていた。

あたしは委員長の目を見て、言った。「どうか信じてください」

背中を向けて席にもどろうとすると、それより先にA先生が立ち上がり、拍手《はくしゅ》をはじめた。十人分くらいの大音量だ。すぐにエラ・クインとライリーも立ち上がり、ヒューヒューと歓声《かんせい》をあげはじめた。野獣《ビースト》ベラが立ち上がって口笛を吹《ふ》く。一瞬《いっしゅん》、映画の一シーンみたいに会場中がスタンディングオベーションになるかもって思ったけど、すぐに、これは現実世界だってことを思い出した。実際には、あと何人かの三年生が立ち上がったけど、ほかの人たちは礼儀《れいぎ》正しく拍手《はくしゅ》をしただけだった。あたしは席にもどった。

最後のスピーチは、カルロスというあたしと同じクラスの男子だった。生きたまま食われるんじゃないかって目であたしのことを見てから、カルロスは立ち上がった。ところが、カルロスがマイクのところへいく前に、ウェスト校長が慌《あわ》てふためいたようすで舞台《ぶたい》にあがり、カルロスからマイクを奪《うば》い取った。

「子どもたち」ウェスト校長はそこでぱっと口をつぐんで、教育委員長が目をぐっと細めて自分を見ているのを見た。「つまり、生徒のみなさん。とうぜんのことながら、今のへイゼル・ヒルさんの……前例のないスピーチのあと、少し休憩《きゅうけい》時間が必要でしょう。タイラー・ハリスはすぐに校長室へきてもらえますか？　あとへイゼル、へイゼルもいっしょにきてもらえるかしら？　最後のスピーチを聞けないのは残念ですが、みなさんにもことの重大さは理解していただけると思います」

それを言うなら、「校長以外のみなさん」でしょ。こんなにおろおろしている校長を見るのは初めてだ。その原因があたしだっていうのは、なかなかすてきかも。

ウェスト校長のあとについて舞台《ぶたい》をおりると、なにも見えないふりをして歩いていった。学校中の生徒があたしを見てるのも、ヒソヒソうわさしてるのも。あたしは罰《ばつ》を受けるか、それとも、タイラー・ハリスを退学にした女子として名を成すのか、って。

体育館のドアまでいくと、そこにタイラーが立っていた。今はあたしに言いたいことはないらしい。小さくなったみたい。おどおどしてる。これまでタイラーはさんざんエラ・

クインにそういう気持ちを味わわせてきたのだ。どっちも口をきかないまま、ウェスト校長といっしょに体育館を出て、校長室へ歩いていった。ほんのわずかに遅《おく》れて、教育委員会の委員長がついてくる。校長室まできたとき、委員長が一瞬《いっしゅん》、あたしの肩《かた》に触《ふ》れた。

「とても勇敢《ゆうかん》な行いでしたよ」

あたしはその場で崩《くず》れ落ちそうになった。そう言ったってことは、信じてくれたってこと？　今度こそ、事態は動き出したってこと？

「ちょっとここで待っていてくれる？　それでも大丈夫《だいじょうぶ》？」委員長はあたしにきいた。

どういう意味だろうと思った次の瞬間《しゅんかん》、タイラーの横にすわるのは大丈夫《だいじょうぶ》かどうかきいているんだって気づいた。それでも平気かって。真剣《しんけん》に考えてくれてるんだ、だから、タイラーと並んですわるのはつらいんじゃないかって思ってるんだ！　ふわふわ浮《う》いてるみたいな気持ちになる。夢の中で歩いてるみたい。

「大丈夫《だいじょうぶ》です」あたしがにっこりすると、委員長もほほえんだ。それから、ウェスト校長といっしょに校長室へ入っていった。

「ゴマスリクソ女」タイラーがぼそりと言った。そして、ドサッと椅子《いす》にすわったので、あたしはあきれて、その横に腰《こし》を下ろした。さっき言ったのは、うそじゃない。あたしは、タイラーの横にすわることを怖《こわ》がってはいない。一度だって、タイラーのことを怖《こわ》いと思ったことはない。問題は、タイラーのほうが、あたしを怖《こわ》がったほうがいいって気づいてなかったこと。

「好きなだけ怒《おこ》れば。全校生徒の前で名前を出されたくなかったら、あたしたちがやめてって言ったときにやめとけばよかったんだよ」

「知るか」タイラーは天井をあおいだ。

うそはつけない。あたしは最高の気分だった。委員長はあたしの味方みたいだし、少なくとも、タイラーがちょっとは恥《は》ずかしいと思っているのは確かだ。だから、意気揚々《いきようよう》と言った。

「あたし、ミドルスクールに入るまえの夏休みに生徒便覧を読んだんだけど、タイラーは読んだ？」

タイラーはじろりとあたしを見た。今でもタイラーについては専門家の域だったから、それが**読んだはずないだろ**、**そんなことときくなんてバカか？**って意味なのはわかった。

「だよね、読んでないよねえ。中に、処分について書かれているページがあってね。例えば、なにをしたら退学になるかとかかね。先生の車にスプレーペイントでいたずら書きしたらどうなるかとか、そういうことが書いてあるんだけど、その中に、性的嫌がらせ《セクシャルハラスメント》の場合の処分について書いてあるところがあるんだ――」

「先生の車にいたずら書きしたらどうなるんだ?」

「今回のことでタイラーが受ける処分にはぜんぜん届かないかな」

タイラーはしんとなった。ついに勝った、とあたしは思った。でも、とうぜん、タイラーが口を閉じるなんてことはなかった。

「友だちだと思ってたのに」

あたしは最高に白けた顔をして見せた。「うそ、思ってないくせに。あたしのことを、人間日記みたいに使ってただけでしょ。もう、友だちに囲まれてもいないし、お母さんが助けにきてもくれないんだから、少しは自分の心配をしたほうがいいんじゃない? 今度こそ自分がやったことの結果に向き合わなきゃならないんだから。でも、その『結果』の内容を知らないでしょ。だから、教えてあげようとしたのに、そっちが話題を変えて、あたしにしゃべらせなかったんだからね。お得意のやり方だよね」

タイラーは退学になることもあり得る。さっき言いかけたのは、それ。便覧には、性的嫌がらせ《セクシャルハラスメント》が「客観的に証明された」場合、当該《とうがい》生徒は退学になる可能性がある、と書いてあった。

まあ、ちょっとしたサプライズとして取っておいてあげてもいいかも。

すると、ウェスト校長が校長室から顔を出した。「タイラー、お入りなさい」

タイラーは立ち上がって、一瞬《いっしゅん》、あたしの顔を見て、なにか言おうとした。でも、気を変えたらしい。そのまま、あたしに向かってうんざりって感じで白目をむいてみせ、校長室に入っていった。あたしは一人で残された。まあ、厳密に言えば、ヴィッカーズさんとダックスフンド神殿《しんでん》もいっしょだけど。

あたしはほうづえをついた。リベンジにこんな待ち時間があるとは思ってなかった。

「ヘイゼル？」呼ばれて、顔をあげた。ウェスト校長かほかの先生だと思ったけど、ドアのところに立っているのはブルックリンだった。

「ブルックリン」

あたしが言うと、ブルックリンは入っていいっていう意味だと取ったみたいで、中に入ってきて、あたしの横にすわった。

「タイラーから、レベッカを誘《さそ》うからって言われたんだ」ブルックリンは言った。あたしは顔をしかめた。

「ああ、あたしも聞いた」

「あたし、バカみたいだね」

「ブルックリンはバカみたいじゃないよ。バカみたいなのはタイラーのほうだから。あたしのスピーチ、聞いてくれたよね？　あれで言いたかったのは、まさにそういうこと」

ブルックリンは笑った。「『スピーチをします。タイラー・ハリスはバカです』

『タイラー・ハリスはバカです。以上。ご清聴《せいちょう》ありがとうございました』」

今度は二人で笑った。

「あれが優勝だったと思うよ」ブルックリンは言った。

あたしは首をかしげた。正直、話しはじめたとたん、コンテストだってことは頭から消えていた。あたしのスピーチはまちがいなく三分以下だったから、そもそも失格だろう。

ブルックリンは首のうしろをぎこちなくもんだ。そして、まともに見られないって感じで、横目でちらっとこっちを見やった。

「ごめんね……その、ぜんぶ」

あたしは肩《かた》をすくめた。「謝るなら、エラ・クインに謝ったほうがいいよ、あたしじゃなくて」

「うん、そうだね」

あたしたちは黙《だま》ったまますわっていた。でもすぐに、ブルックリンは立ち上がった。

「ピッツは、あたしがトイレにいってると思ってるんだ」そう言って、ブルックリンは急いで走っていってしまった。

仕方ない。だって法律で禁止されてなかったら、ピッツはクラスでムチを使いかねないし。

ベルが鳴った。今に廊下《ろうか》は、次の授業へ向かう子たちであふれかえる。その中に、エラ・クインとライリーもいて、あたし抜《ぬ》きで科学の教室へいくだろう。どうなってるだろう、今度こそちゃんと聞いてもらえるんだろうかって、考えながら。

タイラーは永遠に校長室にいるんじゃないかって思えてきた。ヴィッカーズさんの机の上に、キラキラの写真立てがいくつあるか数えようとしたけど、二十個目でわからなくなった。タイラーが校長室にいる時間が長ければ長いほど、不安になってくる。委員長はとても頭がよくていい人に見えたけど、タイラーはこれまでも何人もの先生たちをだましてる。もしかしたら、いつもみたいに委員長にも取り入ってるかもしれない。校長室を出てくるころには、処分を受けるのはまたあたしってことになってるかも。

窓をドンと叩《たた》く音がして、あたしははっとした。ヴィッカーズさんも驚《おど》いて顔をあげ、まるであたしのせいだってみたいにこっちをにらみつけた。音のしたほうを振《ふ》りかえると、思わず笑みがこぼれた。

エラ・クインが立っていた。見たことのないくらい顔いっぱいで笑って。

「めちゃ最高！」エラ・クインが言い、あたしは吹《ふ》きだした。

第二十九章

校長室が、このまえよりはるかにすてきな場所に見える。どなられてるのがウェスト校長だからだ。

「この若い女性は、あなたに耳を傾《かたむ》けてもらうためには、全校生徒の前に立つしかないとまで思いつめたんですよ。しかも、こんなに深刻な問題だというのに。あの男子生徒のほうにもちゃんと事情をきいたんですか？　それとも、最初から、この女子生徒のほうがうそをついていると決めつけていたわけですか？」

委員長（あたしの新しいヒーローはゲーツさんという名前だった）が言えば言うほど、ウェスト校長は椅子《いす》の中で縮こまっていった。タイラーはなにか勘繰《かんぐ》りたくなるほど静かで、すみっこで癇癪《かんしゃく》を起こした幼児みたいに腕《うで》を組んですわってる。あたしに中に入るように言ったのはゲーツ委員長で、エラ・クインにあれでよかったかききそびれてしまった。

ゲーツ委員長は、さっき校長室まで歩いてきたときほど険しい顔はしていなかった。あたしを見るとまたにっこりしたので、天にも昇《のぼ》る気分になる。ついにタイラーの無邪気《むじゃき》を装った態度にだまされない大人が現われたのだ。

将来はゲーツ委員長になりたい。

ウェスト校長はなんとか説明しようとした。「わたしが難しい立場に置かれていることはわかってくださいますよね。タイラーの母親はその……学区の……」

予期せぬ展開。タイラーのお母さんは学区教育長なんだ。つまり、ウェスト校長の上司ってこと。でも、ゲーツ委員長は、ウェスト校長の上司の上司だよね？ つまり、怖《こわ》いものなしってこと。特にタイラーのお母さんは「部下」なんだから。

「タイラーの母親が英国女王だとしたって、関係ありません。生徒が不安を感じてやってきたら、安心させるのがあなたの役目でしょう。それがわからないというのなら、そもそもどうして教育者になったのか、まったく理解できません。もちろん、わたしが百パーセントあなたを支えるということはわかっていますよね。わたしがなんのためにこの職に就いていると思っているんです？」

「ええ、でも、ハリスさんという方はとても――」

「とても……なんです？」

ぱっとふりかえり、思わず口を開けてしまった。校長室の入り口にタイラーのお母さんが立っていた。このあいだ完璧《かんぺき》にセットされていた髪《かみ》は見る影《かげ》もない。大声でさけびつづけてたみたいに見える。もうきたなんて、ほうきにのって飛んできたとか？

（ごめん、やっぱり撤回《てっかい》。魔女《まじょ》に失礼だから）

「ハリスさん」ゲーツ委員長は軽く会釈《えしゃく》した。「急においでいただいて、すみません。でも、今回の件がどれだけ深刻かは、おわかりいただけますよね」

「ええ、わかっておりますとも、今回の……わたしの息子を陥《おとしい》れようとする組、織、的、陰、謀、についてはね」そう言って、タイラーのお母さんはあたしを指さした。「この女子生徒がここにいてよかったわ。あと二人はどこです？」

タイラーの母親は、「女子生徒」という言葉を、まるで「ナメクジ」か「茹《ゆ》でた目玉」か「犬の糞《ふん》」というように口にした。

「ヘイゼルとエラ・クインとライリー・ベケットのご両親もこちらに向かっています」ゲーツ委員長は言った。

あたしの心は沈《しず》んだ。「二人はなんにも悪いことはしてないんです！」十分前に校長室に入るように言われてから、あたしは初めて口を開いた。

「彼女《かのじょ》たちのご両親をお呼びしたのは、直接お詫《わ》びを言うためです」ゲーツ委員長は言った。そして、あたしに向かってにっこりほほえんだので、やっと肩《かた》から力が抜《ぬ》けた。泣くんじゃないかと思ったくらい。

「お詫《わ》び?」タイラーのお母さんはききかえした。「わたしの息子に対する謝罪はどうなってるんです?」

それなら、あたしが教えてあげるし!　と思ったけど、ゲーツ委員長の前でそれを言うのは得策ではないだろう。

すると、ウェスト校長の机の電話が鳴りはじめた。受話器を取った校長の顔からみるみる血の気が引いていく。ウェスト校長は言葉を失ったまま、受話器をゲーツ委員長に差し出した。

「もしもし?」ゲーツ委員長は受話器のむこうにいる人物に向かって言った。そして、受話器に耳をかたむけていたが、唇《くちびる》がすぼまり、ひたいにしわが寄りはじめた。

「なるほど、ありがとう」

ゲーツ委員長は電話を切り、深く、深く、息を吸いこんだ。それから、タイラーのお母さんを見た。

「ハリスさん、さっきここにものすごい勢いで入ってらっしゃる前に、なにかいつもとちがうことに気づかれましたか?」

タイラーのお母さんが質問に答えなかったので、ゲーツ委員長はうなずいて、立ち上がった。

「ヘイゼル、ちょっといいかしら？　タイラーのお母さまにお見せしたいものがあるの。あなたも見たいんじゃないかと思って」

ゲーツ委員長はあたしたちを連れて校長室を出ると、ふくれっ面をしているタイラーを置いて、ロビーへと入っていった。

ロビーにきたとたん、さっきの電話の意味がわかった。気がつかないほうが難しい。ロビーがこんなふうになってるのを見たのは初めてだった。去年、二年生の生徒がカルト集団を作ったといううわさが流れて、保護者が詰《つ》めかけてきたときでさえ、こんなではなかった。

ロビーは女子でいっぱいだった。

あたしの知ってる女子。知らない女子。顔はわかるけど、よく知らない女子。同じクラスの女子、ピッツ先生のクラスの女子、一年生の女子、三年生の女子、タイラーが一番最近好きになったレベッカもいる。ベラもいる。ブルックリンもいる。マヤはいなかったけど、でも、それはいい。あたしたちがマヤの分も引き受けるから。

「みなさん！」ゲーツ委員長が言うと、ロビーはしんとなった。「みなさん、どうもありがとう。今日はこれからみなさん全員とお話しするつもりです。そして、みなさん一人一人の言うことを真剣《しんけん》に受け止めると、このわたしがお約束します。でも、もし問題がなければ、タイラー・ハリスに対して声をあげたい人、手をあげてもらえませんか？」

一人残らず全員が手をあげた。

「まさか、この子たち全員が、その……拒《こば》まれたなんて信じてませんよね？　うちの息子に？」タイラーのお母さんは天井を仰《あお》いだ。「この生徒たち全員がこんなふうに集団でうちの息子を攻撃《こうげき》するのを許すつもりですか？　息子はまだ子どもなんですよ。あのくらいの年齢《ねんれい》の男の子がどんなだかは、ご存じでしょう！　今の時代、男の子を育てるなんて不可能に近いんです！　男の子が男の子らしくいることが許されないんですから。わたしはほかに二人の男の子を育ててきましたけど、簡単なことじゃありませんでした。こうした……些細《ささい》な問題が起こったときは、子どもには立派にやってる、ぜんぶうまくいくって言ってやればそれでいいんです」

「タイラーは立派にやっていませんでした」ゲーツ委員長は言った。「それに、ぜんぶうまくもいきません。問題はまだつづいておりますから。退学も選択肢《せんたくし》の一つです。停学はまちがいありません」

あたしはにやりとした。さっき教えてあげようとしたときに、タイラーが聞こうとしなかったのは残念すぎる！

　タイラーのお母さんは返す言葉がないみたいだった。タイラーのお母さんも、ノーと言われるのに慣れてないんだろう。

「このつづきはあとですることにしますから」タイラーのお母さんは言ったけど、ゲーツ委員長は、タイラーのお母さんがどう考えようと気にしないといったふうに肩《かた》をすくめただけだったので、あたしはますますにやにやした。

　タイラーのお母さんはものすごい勢いで校長室へもどると、数分後にタイラーを連れて出てきた。集まった女子をぐいぐいとかき分けて、正面玄関《げんかん》へ向かっていく。あたしはこれまで感じたことのない満足感と共に、恥辱《ちじょく》と敗北にまみれたタイラー・ハリスのおしりが消えるのを見送った。

「ヘイゼル！」

　あたしは凍《こお》りついた。うわー。

　お父さんとお母さんがみんなを押《お》し分けて駆《か》け寄ってきた。二人は同時にあたしをハグしようとしたけど、お母さんはローワンを抱《だ》っこひもで抱《かか》えていたのでうまくいかずに、頰《ほお》と頰《ほお》を押《お》しつけ合うことになった。

　そのあいだ、目の前には、けっこうな数の子たちがいたわけで……。ま、最高だったよね。

「ヘイゼル、立派だったわね！」お母さんはどう見ても泣いてた。

「おまえを疑って悪かったよ」お父さんが言った。あたしが「ほらね」っていう顔をすると、お父さんは笑った。

「あなたの話をちゃんと聞かなくて本当にごめんなさい。お母さんたちのせいで余計ややこしくなってしまったわね」

「お取込《とりこ》み中すみません。でも、今後のことについて話し合わないと」ゲーツ委員長が言った。

「これからのことは決まっています。そのとんでもない男子生徒は退学にして、うちの娘《むすめ》が邪魔《じゃま》されずに勉強できるようにしてください」お母さんは怖《こわ》い顔をしようとしていたけど、ローワンが抱《だ》っこひもにだらだらよだれを垂らしている状態では、あまりうまくいかなかった。

ゲーツ委員長が全員を校長室へ案内し、部屋はぎゅうぎゅう詰《づ》めになった。ウェスト校長がいつもイライラしてるのは、部屋が小人サイズのせいかも。

「ヘイゼルにはもう謝りましたが、ご両親にも謝りたかったんです」まず、ゲーツ委員長は謝った。「お嬢《じょう》さんをこの学校に通わせることにしたときは、安全できちんとした配慮《はいりょ》を受けられると信じてらっしゃったと思います。にもかかわらず、今回のケースでは最善を尽《つ》くせなかったことをお詫《わ》び申し上げます」

そして、ゲーツ委員長は険しい顔になった。「これからは、この学区全体でこうした状《じょう》況《きょう》をより注意深く監視《かんし》していくことをお約束します。こうした変化をもたらしたお嬢《じょう》さんとそのお友だちを誇《ほこ》りに思ってください」

おかげでお父さんとお母さんは少し落ち着いたみたいだ。ゲーツ委員長、ナイス。

「タイラーはどうなるんですか？」あたしはきいた。きくべきじゃないのはわかってたけど、あたしは椅子《いす》から身を乗り出した。映画の一番いいシーンを見るときみたいに。

ゲーツ委員長は大きく息を吸った。

「すぐにすべてが変わると言えたら本当にいいのだけど、今はまだなにも約束はできないの」

また重苦しさが胸にせりあがる。

「じゃあ、タイラーはまたなにも罰《ばつ》を受けないんですか？　あたし、生徒便覧を読んだんです！　そこには、性的嫌がらせ《セクシャルハラスメント》があったと証明されれば、退学だって書いてありました」

ゲーツ委員長は思わずといったようすで、ほほえんだ。でも、今回はムカっとした。うちの親がああいう顔をしてあたしを見るときは、たいていあたしのことをかわいいと思ってるときだ。別にかわいいと思われたくない。あたしはリベンジしたいだけだ。

「確かにそう書いてあるわね」委員長はうなずいた。「でも、世の中には、今回の件が『証明された』かどうかは疑問だと考える人も多いんですよ」

「あとどのくらい証明が必要なんですか?」あたしは食い下がった。「あたしはこの一か月証拠《しょうこ》を集めようとしました。でも、それで罰《ばつ》を受けたんです」

これまで先生にこんな口をきいたことはなかったし、ましてや、全学区を管理している教育委員会の委員長に向かって言うことじゃないのはわかってたけど、スピーチコンテストの日には、なにか特別な空気があったのだ。

「ヘイゼル、わたしの話を聞いてちょうだい。わたしはあなたのことを信じています。あなたとあなたのお友だちと、あそこにいる女子生徒全員のことを。彼女《かのじょ》たち全員の話を聞くと約束します。でも、タイラーがやったことに対する罰《ばつ》を受けるべきだと思うなら、話を聞くのは長いプロセスの第一歩にすぎないの」

あたしはゆっくりと息を吐《は》いた。疲《つか》れていた。エラとライリーも疲《つか》れている。ロビーにいる女子のことを思い浮《う》かべる。彼女《かのじょ》たちも疲《つか》れてる。でも、もしかしたら、みんなでいっしょに立ち向かえば、そこまで疲《つか》れずにすむようになるのかもしれない。

「第二歩はなんですか?」あたしはきいた。お母さんが横で鼻をすすってる。これってぜったい、将来あたしが大統領になるって妄想《もうそう》してるパターンだ。

ゲーツ委員長はまたほほえんだけど、今回はかわいくてついって感じじゃなかった。感心してるように見えた。

こっちのほうがずっといい。

「こういうのはどう？　エラをここに呼んで、わたしが謝ったら、そのあと今日はもう、楽しく過ごしなさい。そして、月曜日の朝一番にあなたとお友だち二人と会いましょう。そのときに、あったことすべてを確認すればいいでしょう。でも、今は少し休んだっていいんじゃない？」

あたしはここを離《はな》れたくなかった。もしここを出れば、ゲーツ委員長がもたらした魔法《まほう》が消えて、なにもかも元通りになってしまうんじゃないかって。

すると、ゲーツ委員長はポケットからスマホを取り出し、カレンダーを開いた。教育委員会の委員長は忙《いそが》しいんだろう。なぜなら、毎日、百億個くらいの会議や打ち合わせが入ってたから。でも、ゲーツ委員長は画面をあたしの方に向けて、あたしが見ている目の前で月曜日の予定を消した。そして、その下の予定も一つ残らず削除《さくじょ》すると、代わりに一つだけ予定を打ちこんだ。〈午前八時　オークリッジ校　へイゼル・ヒル〉。

「これでいい？」委員長はきいた。

ゲーツ委員長は、あたしが期待してたみたいにすべてを解決してくれるわけじゃない。でも、これまでのだれよりも、しようとしてくれている。

「はい」

「外までお送りします」ウェスト校長が言った。このやりとりのあいだずっと、妙《みょう》に静かだったけれど、われに返ったみたいに立ち上がった。でも、あいにく、ゲーツ委員長のほうが早かった。

「必要ありませんよ、ウェスト校長。校長室でクインさんを待って、謝ってくださいな」

「うわー、かわいそー」と言いそうになるのを危うく飲みこむ。校長が校長室送りになるところなんて、めったにお目にかかれない。

「さあ、帰ろう」お父さんがあたしの頭のてっぺんにキスをし、あたしはお父さんのあとについてロビーに出ていった。ロビーも校長室と同じでとんでもないことになっていた。

今日はどのクラスの先生も、生徒を教室にとどめておくのはあきらめたらしい。

「まだ、お昼になったばかりだよ。午後の授業がまるまる残ってる」

「今日はいい。ゲーツ委員長が言ったとおりだ。おまえには休みが必要だ」お父さんが言った。

集まってる子たちの向こうに、エラ・クインとライリーが見えた。大きなふわふわの肘《ひじ》掛椅子《かけいす》にすわってる。あれってきっと、この学校はだれでも受け入れますって感じに見えるように置かれてるんだろう。二人のうしろには、それぞれのお母さんが立っていた。エラ・クインのお母さんは娘《むすめ》の両肩《りょうかた》に手を置き、近づいてこようものなら、容赦《ようしゃ》はしないって感じに見えた。

「みなさんでいっしょにランチにいったらどうかと思ったのだけれど」うちのお母さんが半分あたしに、半分エラ・クインとライリーのお母さんに向かって言った。「みなさんとお知り合いになれるいい機会でしょ。これからもっとよくお会いするようになる気がするの」

あたしはエラ・クインに言った。「ゲーツ委員長が校長室で待ってるよ。今回、こんなひどいことになっちゃったことを謝りたいんだって」

「校長室にいっても、自習室送りにならないってこと?」エラ・クインは言った。「やった!」

「先にいっててくだされば、あとからいきますけど?」エラ・クインのお母さんが言った。

「いいえ、待ってます」あたしはすかさず言った。これまでエラ・クインとライリーを置いていったことはないのに、今になってそんなことできない。

あたしはエラ・クインのすわっていた大きな肘掛椅子《ひじかけいす》にすわり、エラ・クインとお母さんは校長室へ入っていった。すると、ローワンがぐずりはじめたので、うちのお父さんとお母さんは校内を歩きにいった。

おかしなことが起こりはじめたのは、そのあとだった。顔をあげると、みんながあたしを見ていた。タイラーのことを訴《うった》えるために待っている女子が、すごい人を見るみたいな目であたしを見てる。

「なんか、動物園の動物になったみたい」あたしはひそひそとライリーに言った。

ライリーは笑った。「これからはこれに慣れなきゃいけないんじゃない？　今じゃ、ヘイゼルがクールだってこと、みんな知ってるからね。だけど、最初に気づいたのはわたしだから。だから、もっと誘《さそ》われるようになっても、わたしのことを置いてけぼりにしちゃだめだよ」

あたしは赤くなったけど、ごまかすために、笑って口に手をやった。

「置いてけぼりにしたりしないよ」そう言って、コホンと咳払《せきばら》いする。「ライリーのことも、エラ・クインのこともね。二人とも、もうあたしから離《はな》れたくたって離《はな》れられないから！」

ライリーは椅子《いす》の背に頭をもたせかけて、あたしを見ると、小さくほほえんだ。

「よかった」

第三十章

約一時間半後、エラ・クインとお母さんへの謝罪がすむと、みんなで駐車場《ちゅうしゃじょう》に向かった。親たちは車を並べて停めていた。

「わたしたちはいっしょに乗る」みんなが車に乗りこむより早く、エラ・クインが言って、片方の腕《うで》をライリーに、もう片方の腕《うで》をあたしに回した。ライリーとあたしのほうが背が高いから、あたしたちの肩《かた》からぶらさがってるみたいになる。「大人たちで適当に決めて、わたしたちがどの車に乗ればいいかだけ教えて」

うちのお母さんの車にはローワンのチャイルドシートがついていたので、お父さんが自分の車のキーについているボタンを押《お》して、クラクションを鳴らした。「ご乗車願います！」めちゃダサかったけど、あたしは機嫌《きげん》がよかったので、聞かなかったふりをしてあげた。

「こんなことを言うと、気まずくなるかもしれないんだが」あたしたちが車に乗ると、お父さんが切り出した。お母さんたちは、まだ駐車場《ちゅうしゃじょう》でママ友トークを繰《く》り広げている。

「ヘイゼルのお母さんとわたしも、きみに謝りたいんだ、**ただの**エラ」

「ちょっと、お父さん、その『ただのエラ』ってやめてくんない？」あたしは頭を抱《かか》えた。

うしろの座席にすわってるエラ・クインとライリーの反応が見られない。

「お父さんたちは、なにもしてないですよね」エラ・クインは、ありがたくも「ただのエラ」は受け流して、そう答えた。

「まさにその通りなんだ。わたしたちはヘイゼルの話を聞かなかった。なにもしなかったせいで、本当なら止められたかもしれないのに、長びかせてしまった。だから、話を聞かなかったことを娘《むすめ》に謝ったのと同じように、きみにも、なにもしなかったことを謝りたい」

お父さんたちの「子育て本」の中に、『ごめんね　子どもに謝ることでクールな親になる』って本がある。どうしても読む気になれなかった本だけど、お父さんはそれなりにいいことも学んでるらしい。

「ありがとうございます」エラ・クインは小さな声で言った。これが一か月前だったら、エラ・クインはうちのお父さんのことをダサいと思ったから、小さい声で言ったんだって思いこんだだろう。そして、あたしのこともダサいと思うに決まってるって。だけど今は、エラ・クインが本当に心からお礼を言ってるってわかる。うれしいと思ってるけど、それをそのまま表現するのは少し恥《は》ずかしいんだって。そう思ったら、あたしも自然とにっこりしてた。

「だけど、お父さんたちがひどいことしたのは本当だからね、いちおう言っとくけど。しばらくは埋《う》め合わせしてもらうから」

「確かにそれは認める」お父さんは言った。

「あたしが説明しようとしたとき、生理がきたって勘違《かんちが》いしたんだから」あたしは言った。ふだんなら、お父さんの前で「生理」とか言うのはちょっと気まずかったと思うけど、お父さんのほうがもっときまり悪そうに見えた。

「言わせてもらうと、それはお母さんの説だぞ。わたしは、異議を唱える知識も経験も持ち合わせていないからな」

「まあね」あたしはうなずいた。

「次におまえと友だちが自力でハラスメントやいじめと闘《たたか》うってときは、お母さんもわたしもおまえを信じると約束するよ」

「ありがとうございます、でも」とライリーが横から言った。「もうちょっと先にしてもらいたいです。次の闘《たたか》いまでのあいだ、少なくとも一年は休みたいもん。できればね」

中華《ちゅうか》レストランの店員が、「七名様で、チャイルドシートがおひとつですね？」と言うと、お母さんとお父さんは首を横に振《ふ》った。

「席を二つに分けていただけますか？」お母さんは言って、あたしたちのほうを振《ふ》り返った。「あなたたちは、三人ですわっていいわよ」

お母さんは最後にもう一度、あたしの肩《かた》をギュッとつかむと、お父さんとローワンとエラとライリーのお母さんと隅《すみ》のテーブルにすわった。店員はエラとライリーとあたしをお店の反対側のテーブルに案内した。いきなり大人になったみたいだ。自分たちだけでお店にきて、テーブルに案内されて、それって別に目新しくもなんともないし、三人で仕事とか彼氏《かれし》とかの愚痴《ぐち》を言う、みたいな。

（もちろん将来、あたしが彼氏《かれし》の愚痴《ぐち》を言うことはないけど、これはものの例え。あたし

は聞き上手だし)

席に着くとすぐに、ライリーがあたしのスピーチを最初から繰《く》り返してくれた。すごくありがたかった。っていうのも、心臓がバクバクして耳がドクドク脈打つようなことをしたときは、あとからほとんど思い出せないから。

「ほんと、すごかったよ」ライリーに言われて、耳の中がカッカしてくる。「まるで映画の一場面みたいだった！　それから、最後にゲーツ委員長のほうを見たときなんて！『どうか信じてください』って。ヤバかったよ！」

車の中でお父さんが謝ったあと、エラはずっと静かだったけど、やっと口を開いた。

「まじめな話、ヘイゼル、本当にありがとう。あんなスピーチ、初めて見た」

「怒《おこ》ってない？」あたしはちょっとひるみながらきいた。

それは、あたしが怖《こわ》かったことのひとつだった。スピーチのせいでエラがもっとひどい目に合うこと。タイラーのお母さんがエラのことをやっぱり首謀者《しゅぼうしゃ》だって考えて、もっとひどい処分を要求すること。現時点では少なくともそういう事態にはならなそうだけど、でも、全校生徒の前でなにがあったか話したことで、エラ・クインが怒《おこ》らないって確信はなかった。

「うそでしょ？　これまでわたしがしてもらったことの中で、一番クールだったよ！　ううん、わたしとか関係なく、これまでのすべての行いの中で、一番クールだった！」

「ちょっと、それじゃ、わたしとジップラインしにいったのはクールじゃなかったみたいじゃない」ライリーが言い、あたしはテーブルの下でライリーの足をつついて、二人して笑った。

ウェイターが注文を取りにきた。これはきっと本物になる、そういう気がする。これからも何度もランチをして、これからも、ほかの人と闘《たたか》わなくたってあたしたちは友だちで、これからもただ自然体で、いっしょに出かけて。あたしが手を貸しても貸さなくても、エラはこれからも友だちでいたいって思ってくれる、きっと。

エラがお手洗いにいったので、ライリーとあたしだけになった。ライリーはメニューに書いてある十二宮図を指でなぞって、こちらを見ようとしない。それから、ようやく口を開いた。

「話したいことがあったんだ。今回のことが始まったきっかけって、覚えてる？　タイラーがしつこいから、エラが女の子が好きだって言ったことだったでしょ」

「うん」あたしは笑った。今では、ただの笑い話だ。「で、あたしのことが好きだって言ったんだよね。うそみたい！」

エラ・クインはあたしの親友のうちの一人だけど、これからも、それが別の気持ちになることはありえない。

「どっちにしろ、こんなことがあったあとで、エラがまたすぐにだれか好きになるとは思えないよね」ライリーが言い、あたしたちは笑った。「だけど、これは言っておきたかったんだ、その……エラのことは信頼《しんらい》できるからね、ってこと」

あたしは赤くなった。「どういう意味？」

信じられない。エラ・クインはライリーにあたしのことを話したの？　心が、なにもかもが、重く沈《しず》みこんでいく。

「エラになにか話したいことがあれば、話して大丈夫《だいじょうぶ》ってこと」ライリーはつづけた。「あたしがひどく動揺《どうよう》してることは気づいていない。「もちろん、わたしにも。とにかく、エラはだれかに話したりしないよ」

エラはライリーにあたしがレズビアンだって話したんだ。ミドルスクールに入ってすぐに、あたしはそのことに気づいた。そして、みんながだれかのことを好きになってるのを見ながら、自分は同じようにはならないだろうって思った。きっと親友もできないだろうし、それを言うなら、ただの友だちだってできないし、でも、それでもかまいやしないって自分に言い聞かせてた。そのままにしておけばよかった。別に友だちにならなくたって、エラ・クインを助けることはできたのだ。こんなに全力を注ぐんじゃなかった。全力を注げば、そのぶんがっかりする可能性も大きくなる。そして今、泣かないように必死になってるってことは、あたしはがっかりしてるんだろう。

「そこまで信用できないんじゃないかな。あたしが話したことを、ライリーに言ったんだとしたら」

ライリーは目を見開いて、両手をブンブン振《ふ》り回した。

「ちがうよ！　エラはなにも話してない。わたしはただ、ヘイゼルに言っておきたかっただけ。もしなにかあるなら、エラは信用できるよって。エラはだれにも言ったりしない。わたしはただ……ヘイゼルには、なにかわたしに話したいことがあるんじゃないかって思っただけ。えっと、その、エラに。知らないよ、だけど、ただそんな気がしたの。エラはクールだよ。わたしは知ってる。ほんとだから」

ライリーが言おうとしてることを理解するまで、一瞬《いっしゅん》、間《ま》があいた。そして、わかった瞬間《しゅんかん》、あたしは目が飛び出そうになった。このあいだの夜、ライリーがあたしのスピーチが一番よかったってメッセージをくれて、枕《まくら》の下に頭を突《つ》っこんだときの気持ちが湧《わ》きあがってきて、でも、今は枕《まくら》はないから、きっとだれかに指で口を左右にびよーんて伸《の》ばされたみたいな顔をさらしてる。そのくらい、にやにやしてたから。恥《は》ずかしいけど、やめられないし、ってことは、受け入れるしかないと思う。

「そういうこと？　ライリーは……わかるんだ？　その……あたしがわかるみたいな意味で、わかるってこと？」

ライリーはにっこりした。そして、テーブルの下であたしの足をツンツンとつついた。

「ヘイゼルがわかるみたいな意味でわかるよ」

あたしたちは大笑いして、だから、エラがもどってきたときもまだ笑っていた。エラは、「理由はききませんから！」って顔であたしたちを見た。

「で、ゲーツ委員長からは聞いた？　その……ぜんぶ？」エラがすわると、あたしはきいた。

「それって、これだけのことがあったっていうのに、タイラーはまたお咎《とが》めなしになるかもって話？」

「うん」

エラ・クインは、深く、本当に深く、息を吸いこんだ。

「そう、もちろん、これからだってつづける。なんだってするつもり。徹底的《てっていてき》に闘《たたか》う、タイラーがちゃんと罰《ばつ》を受けるまで。でも、それには気の遠くなるほどの時間がかかるだろうし、だから今は、そのことを考えるのはやめない？　わたしたちには、もっと面白いことがあるんだから。だから、今日は、タイラーの話をするのはやめようよ？」

ニヤッとしそうになるのをこらえる。エラにまた命がけで闘《たたか》う気があるかどうかわからなかった。でも今、エラは言った。**もちろん、これからだってつづける**。そう、エラはこういう子なのだ。友だちだってことを自慢《じまん》したくなる子なのだ。

「なんでもエラの好きな話をしよ」ライリーが言った。またあたしが考えてることがわかったんだ。だって、こっちを見て、わかってるって感じでほほえんだから。

エラは最近読みはじめた本の話をはじめ、あたしはエラの声が押《お》し寄せるままに任せた。心地いい。こうやってエラとライリーとすわって、いっしょに笑って、ジョークを言い合っても、そこに悪意なんて一ミリもないのはちゃんとわかってて。人といっしょにいて心地いいって、最高の気分だ。あたしはひとりでにほほえんでいた。エラとライリーがほほえみかえす。

夏のあいだ、学校がまた始まるのがうれしかった理由はただひとつ、スピーチコンテストがあるからだった。二年生こそ、いい年にするって思ってた。今度こそ優勝する、そう、優勝さえすれば、あとはなにがあってもどうでもいいって。そう思っていれば、嫌《いや》な思いもしないですむって。みんなよりもあたしはすぐれてるんだってふりをしてれば、友だちのいない根暗《ねくら》のへイゼルのままでもいいって。ライリーがストローの袋《ふくろ》の先を破って、エラの顔に向かって吹《ふ》き矢みたいに吹《ふ》く。でもぜんぜん当たらなくて、ライリーがぶすっとした顔をするから、三人で大笑いして、そしたら、お母さんがナプキンを丸めて、「こらっ」って感じでこっちに投げるふりをしたからますます笑っちゃって、慌《あわ》てて口を押《お》さえる。

そういえば、今年のコンテストの優勝者がだれかさえ知らない。それに気づいて、自分が気にもしてないってことに気づく。優勝した人が喜んでるといいなと思う。あたしは一人で優勝リボンをつけるより、ここにいるほうがいいから。

それに、次のコンテストまで、これからまるまる一年かけて準備できるし。

うちに帰ったら、スピーチのアイデアを書き留めておくのを忘れないようにしよう。来年はいくらでも、エラのことをやっつけてやれるんだから。

著者あとがき

ミドルスクールの一年生のとき、わたしは校長室へいきました。

その前の美術の授業のときに、二人の男子がわたしと友だちに嫌《いや》がらせをしてきました。わたしたちが訴《うった》えても先生が耳を貸さなかったので、二人はなにを言ってもやってもいいと思ったんです。二人はわたしのことをモノみたいに扱《あつか》って、ひどいことを言いました。そして、友だちが立ち上がると、男子のうち一人が彼女《かのじょ》のお尻《しり》をぴしゃりと叩《たた》いたのです。わたしは、それは性的嫌《セクシャルハラスメント》がらせだと言いました。そうしたら、その男子はわたしの目を見て、言ったのです。「で、どうするわけ？　校長に言うとか？」

その男子は、まさかわたしが本当に言うなんて、夢にも思っていませんでした。どうせなんの罰《ばつ》も受けないと思っていたのです。だから、わたしは立ち上がって、校長室にいき、校長先生に話しました。

その男子は三日間の停学になりました。そして、その事件はおしまいになりました。今回、このあとがきを書こうとして、わたしはその友だちに当時のことを書いていいかどうかたずねました。すると、友だちから返信がきました。「ふしぎね。だって、このあいだ、ちょうどあのときのことを思い出してたのよ」

そういうことがあると、忘れられないものです。わたしは、わたしのことを人ではなくモノとしてしか見なかった男子たちのことを全員、覚えています。タイラーがヘイゼルを利用していたみたいに、わたしのことを利用していた子たちのことも覚えています。あれから何年も経って、今はもう大人で、自分の人生を歩んでいるというのに、そうした経験は今も、たいしたことはないと忘れることはできないのです。

みなさんが、この本に書いたような経験をしていないことを心から願っています。この本を読んで楽しんでくれたらいいなと思っていますし、この本を読んで思い出すようなことがなにもないのが一番だと思っています。しかし残念ながら、ヘイゼルがスピーチであげた数字はぜんぶ本当です。つまり、ここに書かれていることが自分とは無関係ではないことに気づく人も、少なくないでしょう。だれかに話した結果、わたしと友だちに嫌《いや》がらせをした男子のように、嫌《いや》がらせをした生徒が罰《ばっ》せられたという人もいるでしょう。でも、だれかに話した結果、ヘイゼルとエラとライリーのように、信じてもらえなかったという人もいるかもしれません。また、マヤのようにだれにも話さなかったという人もいるでしょう。信じてもらえるかどうかわからないと思った人も、嫌《いや》なことに巻きこまれるのが怖《こわ》かった人もいるかもしれません。
わたし自身は、嫌《いや》がらせを受けたとき、腹が立ちました。どうして笑って我慢《がまん》しなければならないのか、わかりませんでしたから、笑って我慢《がまん》したりしませんでした。でも、みんながみんな、そうではありません。だれもが、そうした経験を話す心の準備ができているわけでも、話しても大丈夫《だいじょうぶ》だと思えるわけでも、それができるわけでもないのです。しかし、ひとつ確かなことがあります。みなさんは一人ではありません。もし大人に言えないなら、友だちに話すことができます。なにも、大事《おおごと》にしなくてもいいのです。友だちのところへいって、こう言えばいいのです。「ちょっと、あれってひどいと思わない?」と。
ありがたいことに、性的嫌がらせ《セクシャルハラスメント》は決して大人だけの問題ではないということを、世の中は理解しつつあります。もしヘイゼルの物語を読んで、自分と同じだと思ったら、今は、いろいろな選択肢《せんたくし》があります。〈ストップ・セクシュアル・アサルト・イン・スクール(Stop Sexual Assault in Schools)〉*は、みなさんや学校を支援《しえん》につないでくれます。だれかに相談したい場合は、RAINN(1-800-656-HOPE)に電話するか、オンラインでチャットもできます。☆
話せば話すほど、楽になります。確かに信じてもらえないこともあるし、信じてもらえても、まだ見合う結果が出ていないという人もいるでしょう。でも、まずはやってみないと。そう思いませんか？

＊　幼稚園《ようち》から高校までの生徒がセクシュアル・ハラスメントを受けることなく教育を受ける権利を擁護《ようご》するアメリカの非営利団体

☆日本国内にも、法務省の「こどもの人権110番」(0120-007-110)をはじめ、若年層のハラスメントやSNSトラブルなどの相談に応じる、各種の窓口があります。
一人で悩みを抱えずに、まずは相談してみることをおすすめします。
（編集部より）

著者

マギー・ホーン　Maggie Horne

カナダのトロント生まれの作家、編集者。オックスフォード・ブルックス大学で出版メディア学の学位を取り、結婚もした。なかなかいい“買い物”だったというわけ。今は、オタワ郊外に家族と暮らしている。彼女の作品は、“Catapult”と“Medium's Mental Health”とLGBTQに関する記事などで取りあげられた。本書がデビュー作。

訳者

三辺律子　Ritsuko Sambe

東京都生まれ。白百合女子大学大学院児童文化学科修了。絵本からYA小説まで幅広く翻訳を手がける。訳書に「ルイスと不思議の時計」シリーズ（静山社）、『月のケーキ』（東京創元社）、『エヴリデイ』（小峰書店）、『タフィー』（岩波書店）など多数。共編著書に『翻訳者による海外文学ブックガイド BOOKMARK』（CCCメディアハウス）などがある。

はなしをきいて　決戦のスピーチコンテスト

著者　マギー・ホーン
訳者　三辺律子
発行者　鈴木博喜
発行所　株式会社理論社
〒101-0062 東京都千代田区神田駿河台 2-5
電話　営業 03-6264-8890　編集 03-6264-8891
URL　https://www.rironsha.com

2024 年 5 月初版
2024 年 5 月第 1 刷発行

装画　中島ミドリ
カバーデザイン　鳴田小夜子
本文デザイン・組版　アジュール
印刷・製本　中央精版印刷株式会社
編集　小宮山民人

ISBN978-4-652-20625-6 NDC933 四六判　19cm 302P